SHIJIE SANWEN
JINGPINJI CONGSHU
DANG MEIGUI KAIHUA DE SHIHOU

当玫瑰开花的时候

本书编写组◎编

世界图书出版公司
广州·北京·上海·西安

图书在版编目（CIP）数据

当玫瑰开花的时候／《当玫瑰开花的时候》编写组
编 . —广州：广东世界图书出版公司，2010.8 （2024.2 重印）
ISBN 978 - 7 - 5100 - 2615 - 7

Ⅰ . ①当… Ⅱ . ①当… Ⅲ . ①散文－作品集－世界
Ⅳ . ①I16

中国版本图书馆 CIP 数据核字（2010）第 160322 号

书　　名	当玫瑰开花的时候
	DANG MEIGUI KAIHUA DE SHIHOU
编　　者	《当玫瑰开花的时候》编写组
责任编辑	张梦婕
装帧设计	三棵树设计工作组
出版发行	世界图书出版有限公司　世界图书出版广东有限公司
地　　址	广州市海珠区新港西路大江冲 25 号
邮　　编	510300
电　　话	020-84452179
网　　址	http://www.gdst.com.cn
邮　　箱	wpc_gdst@163.com
经　　销	新华书店
印　　刷	唐山富达印务有限公司
开　　本	787mm×1092mm　1/16
印　　张	13
字　　数	120 千字
版　　次	2010 年 8 月第 1 版　2024 年 2 月第 11 次印刷
国际书号	ISBN　978-7-5100-2615-7
定　　价	59.80 元

前　言

　　散文是与诗歌、小说、戏剧并称的文学样式，素有"美文"之称，包括随笔、游记、杂文、书信、回忆录、小品、评论、日记、通讯等多种形式。散文可以描绘秀美山川，可以怀念田园牧歌，可以赞美至爱亲情，也可以展示个人的生活情调，其形式自由、篇幅短小、取材广泛、写法灵活、语言优美，能比较迅速地反映生活，深受人们喜爱。

　　散文可以分为叙事散文、抒情散文、写景散文、哲理散文四类。叙事散文以写人记事为主，对人和事的叙述和描绘较为具体、突出，侧重从叙述人物和事件的发展变化过程反映事物的本质，具有时间、地点、人物、事件等因素，同时表现作者的认识和感受，带有浓厚的抒情成分，字里行间充满饱满的感情；抒情散文注重表现作者的思想感受，抒发作者的思想感情，通常没有贯穿全篇的情节，具有强烈的抒情性，它或直抒胸臆，或触景生情，洋溢着浓烈的诗情画意，即使描写的是自然风物，也赋予了深刻的社会内容和思想感情，具有强烈的艺术感染力；写景散文以描绘景物为主，多在描绘景物的同时抒发感情，或借景抒情，或寓情于景，抓住景物的特征，按照空间的变换顺序，运用移步换景的方法，把观察的事物的变化作为全文的脉络，借助生动的景物描绘烘托人物的思想感情；哲理散文则是感悟的参透、思想的火花、理念的凝聚、睿智的结晶，它纵贯古今，横亘中外，包容大千世界，穿透人生社会，寄寓于人生百

当玫瑰开花的时候

态、家长里短，闪现思维领域的万千景观，善于抓住哲理闪光的瞬间，形诸笔墨，内涵丰厚、耐人寻味。总之，散文有"形散而神不散"、意境深邃、注重表现作者的生活感受、抒情性强、情感真挚、语言优美凝练、富于文采等特点。

另外，散文除了有精神的见解、优美的意境外，还有清新隽永、质朴无华的文采。经常读一些好的散文，不仅可以丰富知识、开阔眼界、培养高尚的思想情操，还可以从中学习选材立意、谋篇布局和遣词造句的技巧，提高自己的语言表达能力。希望我们精心选编的这套世界散文集能带给读者诸多收获。

编　者

目　录

《漫步遐想录》之五 ／（法国）卢梭 …………………………（1）

未婚妻 ／（法国）玛格丽特·奥杜 …………………………（10）

广告的受害者 ／（法国）左拉 ………………………………（14）

威尼斯之死 ／（法国）巴莱斯 ………………………………（17）

回忆巴尔扎克 ／（法国）戴·戈蒂耶 ………………………（21）

松　鼠 ／（法国）科莱特 ……………………………………（24）

蒂巴萨的婚礼 ／（法国）阿尔贝·加缪 ……………………（29）

林　鸟 ／（英国）威廉·亨利·赫德逊 ……………………（35）

论老之将至 ／（英国）伯特兰·亚瑟·罗素 ………………（38）

我与绘画的缘分 ／（英国）温斯顿·丘吉尔 ………………（41）

无知的乐趣 ／（英国）罗伯特·林德 ………………………（45）

送　行 ／（英国）马克斯·比尔博姆 ………………………（50）

远处的青山 ／（英国）约翰·高尔斯华绥 …………………（55）

贝多芬百年祭 ／（英国）乔治·萧伯纳 ……………………（59）

射　象 ／（英国）乔治·奥威尔 ……………………………（64）

大旱的消失 ／（英国）威廉·赫尔·怀特 …………………（71）

论妇女教育 ／（英国）丹尼尔·笛福 ………………………（73）

秋 ／（俄国）伊凡·阿历克谢耶维奇·蒲宁 ………………（77）

深　夜 ／（俄国）伊凡·阿历克谢耶维奇·蒲宁 …………（82）

乡　村 ／（俄国）屠格涅夫 …………………………………（85）

上学的第一天 ／（德国）格哈特·霍普特曼 ………………（88）

当玫瑰开花的时候

优哉游哉／（德国）海因里希·伯尔 …………………（91）

裁缝的童话／（奥地利）罗·穆西尔 …………………（94）

世间最美的坟墓／（奥地利）斯蒂芬·茨威格 ………（97）

手风琴颂／（西班牙）巴罗哈 …………………………（99）

夜宿山中／（波兰）雅罗斯拉夫·伊瓦什凯维奇 …（101）

铃兰花／（南斯拉夫斯洛文尼亚）普·沃兰茨 ……（107）

孤独的树／（保加利亚）埃林·彼林 ………………（112）

玫瑰树／（美国）罗根·皮耳索耳·史密斯 ………（114）

萌芽期的终结／（美国）雷·布莱德伯里 …………（117）

奶 奶／（美国）雷·布莱德伯里 …………………（122）

海边幻想／（美国）沃尔特·惠特曼 ………………（127）

我们是怎样过母亲节的／（加拿大）李科克 ………（129）

母亲的诗／（智利）米斯特拉尔 ……………………（133）

当玫瑰开花的时候／（智利）佩德罗·普拉多 ……（139）

郁金香／（墨西哥）德佩雷拉 ………………………（142）

猫的墓／（日本）夏目漱石 …………………………（148）

子规的画／（日本）夏目漱石 ………………………（150）

自然与人生（四则）／（日本）德富芦花 …………（153）

母亲的消息／（日本）三浦哲郎 ……………………（158）

空知川畔／（日本）国木田独步 ……………………（162）

巨椋池的莲／（日本）和辻哲郎 ……………………（174）

我的伊豆／（日本）川端康成 ………………………（180）

航 船／（乌拉圭）何塞·恩里克·罗多 …………（183）

贪心的紫罗兰／（黎巴嫩）J·K·纪伯伦 …………（185）

昏黄和黎明／（印度）罗宾德拉纳特·泰戈尔 ……（188）

泪与笑／（菲律宾）何塞·黎萨尔 …………………（190）

但愿夫妻不再陌生／（科威特）穆尼尔·纳素夫 …（193）

思想的诞生／（埃及）陶菲格·哈基姆 ……………（198）

世界散文精品集丛书

作者简介 ◆

卢梭

（1712～1778）

法国著名启蒙思想家、哲学家、教育家、文学家。其代表作有《论人类不平等的起源和基础》、《社会契约论》、《爱弥儿》、《新爱洛伊丝》、《忏悔录》等。

《漫步遐想录》之五

在我住过的地方当中（有几处是很迷人的），只有比埃纳湖中的圣皮埃尔岛才使我感到真正的幸福，使我如此亲切地怀念。这个小岛，讷沙泰尔人称之为土块岛，即使在瑞士也很不知名。据我所知，没有哪个旅行家曾提起过它。然而它却非常宜人，对一个想把自己禁锢起来的人来说，位置真是出奇的适宜；尽管我是世上唯一命定要把自己禁锢起来的一个人，我却并不认为这种爱好只有我一个人才有——不过我迄今还没有在任何他人身上发现这一如此合乎自然的爱好。

比埃纳湖边的岩石和树林离水更近，也显然比日内瓦湖荒野些、浪漫色彩也浓些，但和它一样的秀丽。这里的田地和葡萄园没有那么多，城市和房屋也少些，但更多的是大自然中青翠的树木、草地和浓阴覆盖的幽静的所在，相互衬托着的景色比比皆是，起伏不平的地势也颇为常见。湖滨没有可通车辆的大道，游客也就不常光临，对喜欢悠然自得地陶醉于大自然的美景之中，喜欢在除了莺啼鸟啭、顺山而下的急流轰鸣之外别无声息的环境中进行沉思默想的孤独者来说，这是个很有吸引力的地方。这个差不多呈圆形的美丽的湖泊，正中有两个小岛，一个有人居住，种了庄稼，方圆约半里约；另一

当玫瑰开花的时候

个小些，荒无人烟，后来为了不断挖土去修大岛上被波涛和暴风雨冲毁之处而终于遭到破坏。弱肉总为强食。

岛上只有一所房子，然而很大，很讨人喜欢，也很舒适，跟整个岛一样，也是伯尔尼医院的产业，里面住着一个税务官和他的一家人以及他的仆役。他在那里经营一个有很多家禽的饲养场、一个鸟栏、几片鱼塘。岛虽小，地形和地貌却变化多端，景色宜人的地点既多，也能种各式各样的庄稼。有田地、葡萄园、树林、果园、丰沃的牧地，浓阴覆盖，灌木丛生，水源充足，一片清新；沿岛有一个平台，种着两行树木，平台中央盖了一间漂亮的大厅，收摘葡萄的季节，湖岸附近的居民每星期天都来欢聚跳舞。

在莫蒂埃村住所的投石事件以后，我就是逃到这个岛上来的。我觉得在这里真感到心旷神怡，生活和我的气质是如此相合，所以决心在此度过余年。我没有别的担心，就怕人家不让我实现我的计划，这计划是跟有人要把我送到英国去的那个计划很不协调的，而后者会产生什么结果，我那时已经有所感觉了。这样的预感困恼着我，我真巴不得别人就把这个避难所作为我的终身监狱，把我关在这里一辈子，消除我离去的可能和希望，禁止我同外界的任何联系，从而使我对世上所发生的一切一无所知，忘掉它的存在，也让别人忘掉我的存在。

人们只让我在这个岛上待了两个月，而我却是愿意在这里待上两年，待上两个世纪，待到来世而不会有片刻厌烦的，尽管我在这里除了我的伴侣以外来往的就只有税务官、他的太太还有他的仆人。他们确实都是好人，不过也就如此而已，而我所需要的却也正是这样的人。我把这两个月看成是一生中最幸福的时刻，要是能终生如此，我就心满意足，片刻也不作他想了。

这到底是种什么样的幸福？享受这样的幸福又是怎么回事？我要请本世纪的人都来猜一猜我在那里度过的是怎样的生活。可贵的 farniente（闲逸）的甘美滋味是我要品尝的最主要的第一位的享受，我在居留期间所做的事情完全是一个献身于闲逸生活的人所必须做的乐趣无穷的活动。

有人求之不得地盼望我就这样与世隔绝，画地为牢，不得外力的援助就不可能在众目睽睽之下离开，没有周围的人帮忙就既不能同外界联系，也不能同外界通讯。他们的这个希望使我产生了在此以前所未曾有过的就此安度一生的指望；想到我有充分时间来悠悠闲闲地处理我的生活，所以在开始时我并没有作出任何安排。我被突然遣送到那里，孤独一人，身无长物，我接连把我的女管家叫去，把我的书籍和简单的行李运去。幸而我没有把我的大小箱子打开，而是让它们照运到时的原样摆在我打算了此一生的住处，就好像是住一宿旅馆一样。所有的东西都原封不动地摆着，我连想都没有想去整理一下。最叫我高兴的是我没有把书箱打开，连一件文具也没有。碰到收到倒霉的来信，使我不得不拿起笔来时，只好嘟囔着向税务官去借，用毕赶紧归还，但愿下次无需开口。我屋里没有那讨厌的文具纸张，却堆满了花木和干草；我那时生平第一次对植物学产生了狂热的兴趣，这种爱好原是在狄维尔诺瓦博士启发下养成的，后来马上就成为一种嗜好。我不想做什么正经的工作，只想做些合我心意，连懒人也爱干的消磨时间的活儿。我着手编《皮埃尔岛植物志》，要把岛上所有的植物都描写一番，一种也不遗漏，细节详尽得足以占去我的余生。听说有个德国人曾就一块柠檬皮写了一本书；我真想就草地上的每一种禾本植物、树林里的每一种苔藓、岩石上的每一种地衣去写一本书；我也不愿看到任何一株小草、任何一颗植物微粒没有得到充分的描述。按照这个美好的计划，每天早晨我们一起吃过早饭以后，我就手上端着放大镜，腋下夹我的《自然分类法》，去考察岛上的一个地区，为此我把全岛分成若干方块，准备每一个季节都在各个方块上跑上一圈。每次观察植物的构造和组织、观察性器官在结果过程中（它的机制对我完全是件新鲜事物）所起的作用时，我都感到欣喜若狂，心驰神往，真是奇妙无比。各类植物特性的不同，我在以前是毫无概念的，当我把这些特性在常见的种属身上加以验证，期待着发现更罕见的种属时，真是心醉神迷。夏枯草两根长长的雄蕊上的分叉、荨麻和墙草雄蕊的弹性、凤仙花的果实和黄杨包膜的爆裂，以及我首次观察到的结果过程中的万千细微现象使我心中充满喜悦。拉封丹曾问人可曾读过《哈巴谷书》，我也要问大家可曾见过夏枯草的角。两三个小时以后，我满载而归，下午如果遇雨的话，在家也就不愁没有消遣的东西了。上午剩下的时间，我就用来跟税务官、他的妻子和戴莱丝一起去看他们的工人和庄稼，经常也动手帮帮忙；也时常有伯尔尼人来看我，他们常看到我骑在大树枝上，腰里围了一个装果子口袋，满了就用绳子坠下来。早上的活动，加上由此而必然产生的愉快心情，使得我午饭吃得很香；但当用餐时间过久，天气又晴时，我不耐久等，就在别人还没有散席的时候溜了出去，独自跳进一只小船，如果湖面平静，就一直划到湖心，仰面躺在船中，双眼仰望长空，随风飘荡，有时一连漂上几个小时，沉浸在没有明确固定目标的杂乱而甘美的遐想之中。在我心目中，这样的遐想比我从所谓的人生乐趣中得到的甜蜜不知要好上几百倍。有时夕阳西下，告诉我踏上归途的时刻已经来到，那时我离岛已经很远，不得不奋力划桨，好在天黑以前赶到家里。有时，我不奔向湖心，却沿着小岛青翠的岸边划行，那里湖水清澈见底，岸畔浓阴密蔽，叫我如何不跳下水去畅游一番！但最经常的还是从大岛划到小岛，在那里弃舟登岸，度过整个下午，有时漫步于稚柳、泻鼠李、春蓼和各式各样的灌木之间，有时坐到长满细草、欧百里香、岩黄芪和苜蓿的沙丘顶上。这苜蓿看来是从前有人播下的，特别适于喂兔，兔子可以在那里安然成长，一无所惧；也不至于糟蹋什么。我把这种想法跟税务官讲了，他就从讷沙泰尔买了几只回来，有公有母，他妻子和小姨、戴莱丝和我四个人浩浩荡荡地把它们护送到这小岛上，它们在我走以前就开始繁殖起来，如果能耐住严冬的话，肯定是可以繁荣昌盛的。这小小的殖民地的建立真是一个欢庆的节日。我踌躇满志地领着我们这支队伍跟兔子从大岛来到小岛，比阿耳戈号的指挥还要神气；我也骄傲地注意到这样一个事实：税务官的太太向来怕水怕得要命的，一到水上就要头晕眼花，这次却信心百倍地登上我划的船，一路上一点也没有害怕。

当湖面波涛汹涌，无法行船时，我就在下午周游岛上，到处采集植物标本，有时坐在最宜人、最僻静的地点尽情遐想，有时坐在平台或土丘上纵目四望，欣赏比埃纳湖和周围岸边美妙迷人的景色。湖的一边近处是起伏的山冈，另一边为丰沃的原野，一直可以望到天际蔚蓝的群山。

暮色苍茫时分，我从岛的高处下来，高高兴兴地坐到湖边滩上隐蔽的地方；波涛声和水面的涟漪使我耳目一新，驱走了我心中任何其他的激荡，使我的心沉浸在甘美的遐想之中，就这样，夜幕时常就在不知不觉中垂降了。湖水动荡不定，涛声不已，有时呼的一声，不断震撼我的双耳和两眼，跟我的遐想在努力平息的澎湃心潮相互应答，使我无比欢欣地感到自我的存在，而无须费神去多加思索。我不时念及世间万事的变化无常，水面正提供着这样一种形象，但这样的思想不但模糊淡薄，而且倏忽即逝；而轻轻抚慰着我的平稳宁静的思绪马上就使这些微弱的印象化为乌有，无须我心中有何活动，就足以使我流连忘返，以至回归时还不得不作一番努力，才依依不舍地踏上归途。

晚饭以后，如果天色晴和，我们再一次一起到平台上去散步，呼吸湖畔清新的空气。我们在大厅里休息，欢笑闲谈，唱几支比现代扭扭捏捏的音乐高明得多的歌曲，然后带着一天没有虚度的满意心情回家就寝，一心希望明天也是同样的欢快。

除了有不速之客前来探望之外，我在这岛上逗留的日子就是这样度过的。那里的生活是那么迷人，我心中的怀念之情如此强烈、亲切、持久，事隔十五年，每当我念及这可爱的往事时，总免不了心驰神往。

在这饱经风霜的漫长一生中，我曾注意到，享受到最甘美、最强烈的乐趣的时期并不是回忆起来最能吸引我、最能感动我的时期。这种狂热和激情的短暂时刻，不管它是如何强烈，也正因为是如此强烈，只能是生命的长河中稀疏散布的几个点。这样的时刻是如此罕见、如此短促，以致无法构成一种境界；而我的心所怀念的幸福并不是一些转瞬即逝的片刻，而是一种单纯而恒久的境界，它本身并没有什么强烈刺激的东西，但它持续越久，魅力越增，终于导人于至高无上的幸福之境。

人间的一切都处在不断的流动之中。没有一样东西保持恒常的、确定的形式，而我们的感受既跟外界事物相关，必然也随之流动变化。我们的感受不是走在我们前面，就是落在我们后面，它或是回顾已不复存在的过去，或是瞻望常盼而不来的未来：在我们的感受之中毫不存在我们的心可以寄托的牢固的东西。因此，人间只有易逝的乐趣，至于持久的幸福，我怀疑这世上是否曾存在过。在我们最强烈的欢乐之中，难得有这样的时刻，我们的心可以真正对我们说："我愿这时刻永远延续下去。"当我们的心忐忑不安、空虚无依、时而患得、时而患失时，这样一种游移不定的心境，怎能叫做幸福？

假如有这样一种境界，心灵无需瞻前顾后，就能找到它可以寄托、可以凝聚它全部力量的牢固的基础；时间对它来说已不起作用，现在这一时刻可以永远持续下去，既不显示出它的绵延，又不留下任何更替的痕迹；心中既无匮乏之感也无享受之感，既不觉苦也不觉乐，既无所求也无所惧，而只感到自己的存在，同时单凭这个感觉就足以充实我们的心灵；只要这种境界持续下去，处于这种境界的人就可以自称为幸福，而这不是一种人们从生活乐趣中取得的不完全的、可怜的、相对的幸福，而是一种在心灵中不会留下空虚之感的充分的、完全的、圆满的幸福。这就是我在圣皮埃尔岛上，或是躺在随波漂流的船上，或是坐在波涛汹涌的比埃纳湖畔，或者站在流水潺潺的溪流边独自遐想时所常处的境界。

在这样一种情况下，我们是从哪里得到乐趣的呢？不是从任何身外之物，而仅仅是从我们自己，仅仅是从我们自身的存在获得的；只要这种境界持续下去，我们就和上帝一样能以自足。排除了任何其他感受的自身存在的感觉，它本身就是一种弥足珍贵的满足与安宁的感觉，只要有了这种感觉，任何人如果还能摆脱不断来分我们心、扰乱我们温馨之感的尘世的肉欲，那就更能感到生活的可贵和甜蜜了。但大多数人为连续不断的激情所扰，很少能经历这种境界，同时由于仅仅在难得的片刻之间不完全地领略了这种境界，对它也只留下一种模糊不清的概念，难以感到它的魅力。在当前这样的秩序下，对社会生活日益增长的需求要求他们去履行社会职责，如果他们全都去渴求那种醇美的心醉神迷的境界，而对社会生活产生厌倦，这甚至还不是件好事。但是一个被排除于人类社会之外的不幸者，他在人间已不可能再对别人或自己做出什么有益之事，那就可在这种境界中去觅得对失去的人间幸福的补偿，而这是命运和任何人都无法夺走的。

不错，这种补偿并不是所有的人，也不是在任何情况下都能感受的。要做到这一点，心必须静，没有任何激情来扰乱它的安宁。必须有感受者的心情和周围事物的相互烘托。既不是绝对的平静，也不能有过分的激动，而是一种均匀的、温和的、既没有冲动、也没有间歇的运动。没有运动，生命就陷于麻木状态。运动如果不均匀或过分强烈，它就会激起我们的狂热；如果它使我们想起周围的事物，那就会破坏遐想的魅力，打断我们内心的省察，把我们重新置于别人的命运的轭下，而去念及自己的苦难。绝对的安静则导致哀伤，向我们展现死亡的形象。因此，有必要向欢快的想象力求助，而对天赋有这种想象力的人来说，它是会自然而然地出现在脑际的。那种并非来自外界的运动产生于我们自己的内心。不错，当有轻快甜蜜的思想前来轻轻掠过心灵的表面而不去搅动它的深处时，心中

的宁静固然不是那么完全，然而却是十分可喜的。只要有相当的这样的思想，我们就可以忘记所有的痛苦而只记得我们自己。只要我们能够安安静静，这样的遐想无论在何处都能进行；我时常想，如果在巴士底狱，甚至在见不到任何东西的单人牢房里，我都可以愉快地进行这样的遐想。

然而必须承认，在一个跟世界其余部分天然隔绝的丰沃而孤寂的小岛上进行这种遐想却要好得多、愉快得多；在那里，到处都呈现出欢快的景象，没有任何东西勾起我辛酸的回忆，屈指可数的居民虽然还没有使我乐于与之朝夕相处，却都和蔼可亲，温和体贴；在那里，我终于能毫无阻碍、毫无牵挂地整日从事合我口味的工作，或者置身于最慵懒的闲逸之中。对一个懂得如何在最令人扫兴的事物中浸沉在愉快的幻想里的遐想者来说，能借助他感官对现实事物的感受而纵横驰骋于幻想之间，这样的机会当然是美好的。当我从长时间的甘美的遐想中回到现实中来时，眼看周围是一片苍翠，有花有鸟；纵目远眺，在广阔无垠的清澈见底的水面周围的是富有浪漫色彩的湖岸，这时我以为这些可爱的景色也都是出之于我的想象；等到我逐渐恢复自我意识，恢复对周遭事物的意识时，我连想象与现实之间的界限也确定不了了：两者都同样有助于使我感到我在这美妙的逗留期间所过的沉思与孤寂的生活是何等可贵。这样的生活现在为何还不重现？我为什么不能到这亲爱的岛上去度过我的余年，永远不再离开，永远也不再看到任何大陆居民！看到他们就会想起他们多年来兴高采烈地加之于我的种种灾难。他们不久就将被人永远遗忘，但他们肯定不会把我忘却。不过，这又有什么关系？反正他们没有任何办法来搅乱我的安宁。摆脱了纷繁的社会生活所形成的种种尘世的情欲，我的灵魂就经常神游于这一氛围之上，提前跟天使们亲切交谈，并希望不久就将进入这一行列。我知道，人们将竭力避免把这样一处甘美的退隐之所交还给我，他们早就不愿让我待在那里。但是他们却阻止不了我每天振想象之翼飞到那里，一连几个小时重尝我住在那里时的喜悦。我还可以做一件更美妙的事，那就是我可以尽情想象。假如我设想我现在就在岛上，我不是同样可以遐想吗？我甚至还可以更进一步，在抽象的、单调的遐想的魅力之外，再添上一些可爱的形象，使得这一遐想更为生动活泼。在我心醉神迷时这些形象所代表的究竟是什么，连我的感官也时常是不甚清楚的；现在遐想越来越深入，它们也就被勾画得越来越清晰了。跟我当年真在那里时相比，我现在时常是更融洽地生活在这些形象之中，心情也更加舒畅。不幸的是，随着想象力的衰退，这些形象也就越来越难以映上脑际，而且也不能长时间地停留。唉！正在一个人开始摆脱他的躯壳时，他的视线却被他的躯壳阻挡得最厉害！

作者简介 ◆

玛格丽特·奥杜

（1863～1937）

法国女作家。其主要作品有《玛丽·克莱尔》等。

未婚妻

度过了几天假期之后，我要回巴黎了。

当我走进车站，火车已挤满了旅客。大多数的车门前，都站着一个男人或一个妇女，好像是在拦阻后来的旅客。

尽管如此，我还是踮起脚尖向每一个车厢内部观看，希望能找到一个座位。我发现靠近车门坐着的旅客旁边，有一个空座位，但上面放着两个大篮子，里面的鸡和鸭子把头伸在篮子外面。

我犹豫了好一会儿之后，决定走进车厢。我说很对不起了，让我来把篮子移开。可是一位穿着工作服的农民对我说：

"小姐，请等一等，我就来把它们从这里拿开。"

当我把放在农民膝上的水果篮子提在手中时，他轻轻地把两篮家禽塞在凳子下面。

我们都听到鸭子叫喊，表示不高兴。母鸡却低下头，像是受委屈的样子。农民的妻子一面喊着鸭子和鸡的名字，一面对它们说着话。

我坐下以后，鸭子也安静下来了。这时，坐在我对面的旅客问农民是否他把家禽带到市场上去卖。

农民回答说："先生，不是送上市场的。后天，我的儿子就要结婚，我把鸡鸭带来送给儿子。"

他脸上显出幸福愉快的神情。他看了看周围的人，仿佛要向所有的人们表达他自己的快乐。另外的旅客都留心倾听，他们似乎听了之后感到很高兴。只有一个老媪是例外，她占了两人的座位，枕着三个枕头，正在叱骂拥塞在车厢中的农民。

火车开动了。刚才说话的旅客开始阅读报纸，这时农民对他说：

"我的儿子在巴黎，他是一家商店的职员，将和一位小姐结婚，她也是一家商店的职员。"

这个旅客把已经打开的报纸放在膝上，同时移动身子坐在凳的边沿。他问道：

"未婚妻美丽吗？"

农民说："不知道，我还没有见过她。"

这个旅客有些惊讶，又说："真的吗？假如她长得丑，使你不喜欢，将怎样办？"

农民回答："这种事情可能发生，但我相信，她会使我们喜欢，因为我们的儿子很爱我们，他不会娶一个难看的妻子。"

农民的妻子又补上一句："再说，既然她使我们的儿子腓力普喜欢，她也会使我们喜欢的。"

农民的妻子转过身来向着我，我看到她一双柔和的眼睛中充满着微笑。她的面容娇小玲珑，非常可爱，我不能相信她就是一个已达结婚年龄的儿子的母亲。

她想知道我是否也去巴黎，当我回答说也是去巴黎时，这个旅客就开玩笑了。他说："我打赌：这位小姐就是未婚妻，她是来迎接她的公公婆婆而没有介绍自己使他们认识。"

所有的眼睛都向我注视，我羞得面红耳赤，这时农民夫妇同声说：

"唉！真是这样的话，我们将非常高兴。"

我向他们说明这完全是误会。可是这个旅客提醒他们，说我曾沿着火车走过两次，好像我是尽力找认什么人；又说我在登上车厢前是多么犹豫迟疑。

所有的人都笑起来，我在困窘中解释说，这个座位是我能够找到的唯一的座位。

农民的妻子说："这没有什么关系，你使我非常喜欢。假使我们的媳妇能像你那样，我将多么高兴。"

农民接着说："是啊，我们的媳妇最好能像你。"

这个旅客对于他自己的这番笑话感到得意，他带着开玩笑的样子看了我一眼后，对农民夫妇说：

"你们相信我没有弄错。当你们到达巴黎时，你们的儿子会对你们说：'这位就是我的未婚妻。'"

他说完后，放声大笑一阵，便往凳子里边一坐，开始专心读他的报纸了。

过了一会儿，农民的妻子完全转身向着我；她在她带来的篮子底层找寻一会儿，便拿出一块煎饼。她一面请我吃煎饼，一面对我说，这煎饼是她今天早晨亲手做的。

我不知怎样辞谢才好，只得采用夸大的方法，把伤风说成发烧，她才把这块煎饼放进篮子的底层。

接着，她又请我吃一串葡萄，我不得不接受了。

当火车在一个站停下时，我很难阻止农民下车为我购买一杯热的饮料。

我看到这一对好人一心只想爱他们儿子所选中的未婚妻时，自己因不是他们的媳妇而感到遗憾。他们的爱情使自己觉得多么温暖。我是孤女，从未见过父母的慈容；而和我一起生活的人，谁都对我漠不关心。

我惊异地看到他们的眼光时时注视在我身上，好像他们是在爱抚我那样。

到达巴黎时，我帮助他们把篮子从车上搬下来，并领他们向出口处走去。

当我看到一个身材高高的青年向他们扑过来，用双臂抱着他们时，我就稍稍离开他们远一些。他热情地吻着他父亲，又吻着他母亲。

父母只管笑眯眯地接受儿子的亲吻，连服务员推着的行李车快要撞到他们时所发出的警铃声，他们都听不到；急于赶路的旅客把臂肘撞在他们身上，他们好像也没有感觉到。

他们在前面走着，我在后面跟着。儿子的一只手臂挽着鸭篮子，另一只手臂围抱着他妈妈的肩膀，他微微弯着身躯靠向妈妈，笑嘻嘻地倾听母亲说话。

他像他父亲，一双眼睛鲜明快乐，笑声爽快而响亮。

外面，天几乎全黑了。我撑起大衣的领子。我落在他们后面，稍离开他们几步路。这时，他们的儿子去雇一辆车子。

农民爱抚着一只染有各种颜色、很美丽的花母鸡的头时，对他妻子说：

"假如我早知道她不是我们的媳妇，那么我早就把这只花母鸡送给她了。"

"是啊！假如我早知道……"

农民的妻子向着已走出车站的长长人群做手势，眼睛望着远处说：

"她已随着人群走了。"

正在这时，他们的儿子已雇到一辆车子回来了。他尽可能好地把他的父母安顿在车上，他自己却在赶车人的旁边坐下，而且侧转身子，以免遮了他父母的视线。

他看起来长得身强力壮，性情温和，我想他的未婚妻一定是很幸福的。

他们的车子消失在黑暗中了，于是我沿着每一条街道慢吞吞地走去。孤零零的我不由自主地回到了自己的房间。

我已 20 岁了，还没有一个人来向我谈过爱情。

世界散文精品集丛书

作者简介 ◆

左拉

（1840～1902）

法国作家。主要作品有《萌芽》、《在莫泊桑葬礼上的演说》等。

广告的受害者

我认识一个诚实的小伙子，他去年才去世，他一辈子可以说是受尽了折磨。

克洛德从他懂事的年龄起，就抱定这个主张："我的生活计划已经定了。我只要闭上眼睛接受我的时代的恩赐。为了跟得上文明的进步，过美满幸福的生活，我只消每天早晚看看报纸和广告，准确地按照这些无比崇高的导师指点的去做。这是真正聪明的办法，唯一可能得到幸福的办法。"从这一天起，克洛德把报纸上登的和墙上贴的广告当作他的生活法典。它们变成了帮他解决一切问题的、万无一失的指南。凡是广告上没有大力推荐的他都一概不买或者不做。

这个不幸的人就是因为这个缘故，生活在一个真正的地狱里。

克洛德买了一块地产，土是从别处运来的，他只能在桩基上盖房子。这所房子是按照最新的建筑方法盖的，一刮风就晃悠，一下大雨就一块块往下掉。

房子内部呢，壁炉里装着结构精巧的除烟器，冒出来的烟可以把人呛死。电铃不管您怎么撅，它就是不肯响。厕所是按照一个极好的式样造的，变成了一个可怕的臭屎坑。抽屉和橱门装的是特别的机件，开了关不上，关上了又开不开。尤其是那一架自动钢琴，其实不过是一只糟透了的手摇风琴罢了；还有保险箱，撬不开，烧不着，在一个冬天夜里，被几个贼轻轻松松地背在背上搬走了。

不幸的克洛德，他不光是财产上受到损失，身体上也吃足了苦头。他刚到街上，衣服就裂缝了。他是从那些出清存货举行大拍卖的公司里买来的。

有一天我遇见他，他的头完全秃了。他是想把他的金黄色的头发变成黑色，这又是受他对文明进步的爱好的驱使。他刚用过一种药水，金黄色的头发全部脱光，他非常高兴，因为照他自己说的，他现在可以涂一种油膏，一定可以使他长出一头比以前的金黄色头发厚两倍的黑头发。

他吞服的各种药品，我就不一一详谈了。他原来很强壮，现在变得很瘦弱，一用力就喘气。也就是从这个时候起，广告开始把他的小命断送了。他相信自己有病，他按照广告上开的良方医治自己。他看到每种药品都受到同等的赞扬，拿不定主意，于是为了使疗效更高，同时服用各种药品。广告对他的智力的损害就更加厉害了。他把报纸上向他推荐的书籍摆满书架。他采用的分类法是最奇妙的：他把一本本书按照价值的高低排列，我的意思是说，按照出版商花钱叫人写的那些评介文章的热情程度的高低排列。当代的所有荒谬愚蠢和下流无耻的书籍都集中在那儿。还从来没有人看到过有谁收藏这么多伤风败俗的东西。克洛德很仔细地把介绍他买书的广告贴在每本书的书脊上。

这样一来，他每次打开一本书，就可以事先了解按照规定他应该表达的是哪一种感情，是笑还是哭。有了这一套办法，他完全变成了一个白痴。

这出悲剧的最后一幕是令人悲痛的。

克洛德看到有一个女梦游者能治百病，于是连忙跑去请她医治他实际上并没有的毛病。这个女梦游者十分热心，要帮助他返老还童，把回复到十六岁的秘方告诉了他。其实方法也很简单，只要用

某种水洗澡，再内服某一种水就行了。

他吞下药水，钻到洗澡水里，他变得非常年轻了，年轻得半个钟头以后别人发现他已经死在澡盆里。

克洛德甚至在死了以后，也是广告的受害者。他在遗嘱中嘱咐，要把他装在一口能够很快就起防腐作用的棺材里。这种棺材是一位药剂师新近取得专利权的。棺材刚抬到公墓，就裂成两半，这个可怜虫的尸体滚到烂泥里，只好和碎棺材板混在一起埋了。

他的坟是用硬质纤维板和人造大理石砌的，这些东西在头一个冬天就被雨水淋坏了，很快就在他的墓穴上变成了一堆叫不出名堂的破烂。

作者简介 ❖

巴莱斯

(1862～1923)

法国小说家、政论家。其代表作有《自我崇拜》三部曲，散文集《血、肉体的快感和死亡》等。

威尼斯之死

人们假如总是一一观察威尼斯的完美，那么，对它在好沉思的人心目中产生的影响究竟奥秘何在，就不能有很深的体会。我们须乘上小船，离开海滨地带，一览威尼斯的全貌，才能弄清事物的哲理。到泻湖上，我们就能了解，如果没有任何明显的外来干预违逆它的命运，若不是裹尸的布带阻住它不断朝着彻底陨灭挣扎推移，这座曾由总督治理的城市将走到怎样的绝境。

乘坐几小时的贡多拉小舟，让我们先游览一下砾石坝，在这里久驻不去的死寂和阴风，预言威尼斯文明将怎样泯灭。圣米歇尔、穆拉诺、玛佐尔博、布拉诺、托切洛和荒漠的圣弗朗索瓦，凄迷的天际散落着几个小岛。古时的人曾好几次尝试建造威尼斯，最后终于建成如今我们钟爱的这一个；可是，这个杰作就像现在的模型一样将要解体，当初他们就是从中探索这个杰作的。

二十分钟后，便到达这次我们瞻拜的第一站，圣米歇尔这个死亡之岛……

让我们跨过游览的威严门槛，再往前去寻找更阴郁、更罕见的景象。

我们的贡多拉小舟从圣米歇尔斜着驶向邻近的穆拉诺。来到这里的外国人都去参观玻璃制品工场；诗人们则怀念花园的情趣，在威尼斯共和国征服帕多瓦、大贵族们居住在布伦塔河沿岸之前，这里的花园曾闻名整个欧洲。东方的奇葩异草在夜色中格外芳香，微波摇荡着停泊在岸边的贡多拉小舟；这时，浪荡风流子弟、行踪谨慎的恋人、政界的有名人物，都戴着假面具在花丛中流连忘返。但是，如今深幽的小巷和阴郁的水道，这瓦解中的五个世纪的艺术，着实令人厌倦；因此情意缠绵、忧伤痛苦和年虽半老、犹尚多情的情侣们，再不愿在这里逗留。我们的小船从辉煌优美的阿拉伯式、伦巴第式和哥特式府邸前掠过，浪花的水珠纷纷落在断裂的石阶上；两岸府邸的正面把底层的长廊、第一层的凉廊、雅致的镂空石窗和彩色大理石连成一片，绵延不断；然而，那些年久失修的华丽建筑为什么又要用木板、砖石，龌龊寒酸的粗糙材料支撑呢？这些被精明的豪商富贾们舍弃的宅第，原来都是他们建造的，看来一定不能堂堂皇皇地终结自己的命运。由于产业发展的挤占，这些建筑变得黯然失色，过去还是感人的历史纪念，如今已成为难登大雅的陋屋。死亡的血污遮盖了这些昔日的豪华住宅，但这并没有使它们安谧宁静，湮没无闻。我们的向导指着那些陋室说："这里曾是年轻的贵妇和艺术家们弹琴奏乐、吟诗对句和谈情说爱的场所。"这里的垂危之势比圣米歇尔岛上的坟场更为悲怆凄苦。但愿面对威尼斯的这面镜子，反映的不是实际！让我们再往前走，去寻找，有无数前例曾作过许诺，美好的东西即使消亡也无瑕玷。几个小岛在泻湖的尽头漂浮，据说那里的稀世瑰宝都沉入了死亡的深渊……

我们的贡多拉小舟在无尽的寂静中行驶了一刻钟，随后触到岸边的泥沙，我们踏上一条小径，沿着干涸的渠道，两旁的葡萄、石榴、无花果杂错交织，最后走到托切洛唯一的广场，在那里看到圣母升天塔大教堂、圣福斯卡教堂和洗礼堂。

大教堂是一座古罗马长方形大会堂式的教堂。八角形的洗礼堂和圣福斯卡小礼拜堂则属于典雅的拜占庭体系，这种风格的建筑没有纵向的延伸，凸显的主要是中心的穹顶。尽管这个小广场没有合乎我们趣味的美妙之处，但那古老的风格特色至少也能激起我们的怀古幽情。托切洛的瑰异珍宝与威尼斯的相比毫无逊色，但都被禁锢在像拉韦纳一样强有力的死亡之中。

一位戴着长长的面纱的女人急促走来给我们开了门，一股凄惨的冷风吹到三座坟墓上。她仿佛很匆忙，又回去守护死尸。我们走进圣母大教堂，一股潮湿和经年累月的霉味使我们喘不出气来；沉重的大门发出的响声挡住了空气和阳光，仿佛一块石板落到地牢上。大教堂里面的镶嵌画真是丰富多彩，使人目不暇接。在那上面我几乎看到一整套教理信条和诗情画意；听到不可思议的公元一千年时的声音，因为这种艺术既是装饰，同时也在解说，它就是象形文字。我不会辨读这难认的字体，即使我懂得那些文字，我怎能理解其中的精神呢？不过，我很欣赏那十七个从眼睛上穿起来连成一串的骷髅，跟这十七个死人头骨对称的是十七个栩栩如生的佩带着耳环的头。这真是精美别致的装饰品！这一串骷髅和一串活着的人的头比巴塞尔墓地墙上的滑稽舞蹈更令我信服……

我知道这一天就要结束，这时血色滔滔滚滚，与泻湖混成一片。阳光褪尽时，它是否只想在它后面留下这美丽的被害者的遗骸呢？大蜘蛛不停地结网，把岸上纤弱的小灌木连缀起来。螃蟹的身子爬出水面。这是最沸腾躁动的时刻；可是要到达威尼斯，我还要乘贡多拉小舟走好长时间。

在这片被慑服的海上，圣弗朗西斯科小岛周围的水面比任何一处都更加死气沉沉。我们在狭窄的航道中蜿蜒向前，穿过布满腐草的半淹没的陆地，有些大鸟不时从这里飞起。在我们近旁，为引起船夫注意竖立起的标杆，仿佛像一幅精美的绘画上的轮廓线，用来指引还不熟练的临摹者。在我们右面，威尼斯与海面平齐，它延伸出去，随着阳光消失，形成一大片沙滩。神奇诡谲的颜色交相辉映，使想象力最贫乏的心灵也要为之动情。一时间，是一片深暗的色调，暗绿色正是威尼斯深幽小巷的本色；一时间又是日本装饰画家惯用的黄色、橙色、蓝色。在西边，水天一色，天光与激荡的海水汇成一体；我们头上，云蒸霞蔚，变化万千；霞光穿透云层，把云雾映得一片火红。天空柔和与强烈的色彩反射到泻湖上，使我们如同腾云驾雾一般。云层遮住我们，拖带着我们，用全部的、我可以说是触摸得到的光辉，包围着我们。我们被这强烈的魔力攫住了，恍惚间已难辨虚实；这时，有些浓重的斑痕在水面上显现出来，并且逐渐变大，随后便把我们拖进它的暗影里。这是昔日总督们的府第。

作者简介 ◆

戴·戈蒂耶

（1811～1872）

法国作家。其代表作有《青年法兰西》、《木乃伊传奇》等。

回忆巴尔扎克

大仲马不是说过"莎士比亚是上帝之后创造得最多的一个人"吗？把这句话转赠给巴尔扎克更为恰当；一个人的头脑能创造出这样多活生生的人物，的确从来还没有过。

从那个时期起，巴尔扎克拟定了"人间喜剧"的计划，他对自己的天才也有了充分的认识。他巧妙地把他已经出版的作品和他的中心思想联系起来，并把它们安插在根据哲理划分出来的类别中。虽然某些纯粹空想的中篇小说加上了挂钩仍没有联系得很好，但这不过是一些细节，在无限辽阔的整体中是看不见它们的痕迹的，有如一些风格迥异的装饰失落在一座宏伟的建筑中一样。

我们说过，巴尔扎克辛勤地劳动着，他像是顽强的铸铁匠，把不合规格的产品十次、十二次重新投入炉中；他也许像倍尔那·巴里西那样把木器、地板甚至椽子都烧掉，为了让窑里的火不致熄灭，试验不致中断；即使在极困苦的日子里，他也决不草率从事，随便把作品拿出来；这种虚心对待文学的态度留下了不少值得赞美的榜样。他一次又一次修改，改得几乎等于同一主题的另一本书，而改排的费用书店老板却记在巴尔扎克的账上，从版税里扣除；他那与作品的价值和劳动的艰苦比起来已经是微乎其微的酬劳，也就因此更加减少。他所预期的款项常常不够偿还宿债，为了要应付他笑着说的这些"流水账"，他便发挥惊人的才思紧张地工作着，这种工作也许要占据一个普通人的全部时间。但是当他穿着教士所穿的袍子坐在案头的时候，正是夜阑人静，配着绿色罩子的七支蜡烛组成的灯照在洁白的纸张上，他忘记了一切拿起笔来，于是一个比雅各和天使的斗争还要可怕的斗争开始了，我说的是形式与内容的斗争。

他每晚作战，到了早上总是精疲力竭，但他胜利了；夜里炉火熄灭以后，房间里很冷，他脸上冒着热气，身体上冒着肉眼可以看见的轻雾，像从冬天的马身上散发出来的一样。有时仅只一个句子就花去整夜的时间；他写了又改，剪裁、琢磨、推敲和增删，把这个句子写成上百种样式。奇怪的是：那需求的完善的形式，总是在列举种种似是而非的形式之后才会发现。不错，熔铁往往一下子迸射出来反倒较为细密匀称，但是在巴尔扎克的作品中却很少有几页和初稿相同。

他绞尽脑汁，认真写作，由于他超人的意志，加上勇士的气魄和教士一般深居简出的生活，因而他著作等身。每当他从事一部重要的著作，一天24小时内他要工作16到18小时，接连两三个月不停；他只匀出6小时的时间来满足动物本能的睡眠要求，倒下就睡，却又心惊肉跳，这是由于吃得匆忙，消化不良的缘故。在这些日子里，他不露一面，就是知己朋友也不知道他的去向；但是不久他从地下钻了出来，高高地举起一本杰作，笑声洪亮，十分天真地为自己喝彩；他并不要人家赞美，不过人家的赞美他也接受。没有一个作家像他那样，丝毫不关心别人如何评论和推荐他的作品。他要自自然然地扬名于世，不用一点手段，也从来不拉拢新闻记者——何况这种举动还得糟蹋他的时间。他交付稿件，拿了稿费飞也似的跑去还给债主，这些债主往往就在报馆院子里等候着，譬如，举个例子吧，替他在若尔第乡盖房子的泥水匠就是这样。

有时候，他一清早便来找我们，上气不接下气，被新鲜空气弄得有些眩晕，十分疲乏，就像从冶铁场里跑出来的铁匠之神乌尔根，一进来就跌坐在沙发上；他因为工作了整整一个长夜，肚子饿了；他把沙丁鱼捣碎后和黄油搅在一起调制成酱，抹在面包上，这种酱使他回忆起都尔城的特产：肉羹。他最爱吃这个东西；吃完就睡，叫我们一小时后唤醒他。我们没有听他的吩咐，反而尊重他的如此难得的酣睡，所以不让屋子里有一些声响。巴尔扎克一觉醒来，只见天色已暗，将近黄昏，他连忙跳起来，破口大骂，骂我们混蛋、小偷、凶手；我们害他损失了一万法郎，因为要是他早些醒来，他会想好一部新小说的内容，这部小说就能替他带来上述这个数字（再版税还不计算在内）。我们闯了大祸，造成了不可想象的紊乱。我们害他耽误了他和银行家、书店老板、公爵夫人的约会；害他不能如期还清债务；这一次要命的睡眠害他遭受到上百万法郎的损失。但是巴尔扎克这种像输了钱加倍下赌注似的夸大的计算法，从绝小的数目开始，漫无边际地增加到成为最庞大的款项，那是我们司空见惯的，所以，当我们看见都尔城的人红润的颜色又出现在睡足以后的他的面颊上，我们心里也就很容易地得到了安慰。

当玫瑰开花的时候

作者简介 ❖

科莱特

（1873～1945）

法国作家。其代表作有《西多》、《姬姬》等。

松 鼠

　　战前，我有一只松鼠。它原先的主人在我上车的时候很巧妙地把它作为礼物悄悄塞进我的大衣口袋里，当时我已经相继欣赏然而谢绝了一头滑头滑脑、气味浓重的北美浣熊，一只年满一岁的豹猫，一头四个月大的小母狮和一只像生菜盆一般大、人家向我保证会伸出爪子的名叫阿纳托尔的癞蛤蟆。

　　我曾在别处说起过这只巴西松鼠，它全身呈深铜绿色，翘起的尾巴顶端和腹部则是红色的。兴许我这样描绘它还早了点儿，其实我对它并没有一个基本的了解，因为，那时我把它叫做"母松鼠"和丽科特。比我聪明的人恐怕也全弄错的……

　　我一开始就觉察到皮蒂里基确实野性十足，换句话说，它对于人一无所知，竟以为可以无所顾忌。它的身上燃烧着一颗海盗和山大王的灵魂，并在它那站起来才二十二公分长的身体内随意地表现出来。

　　第一天，它就把波斯猫吓得直哆嗦，而巴儿狗在它面前竟说不出话来。瞧着这个快快活活、疯疯癫癫的家伙一本正经地坐在椅子靠背上，瞪着那双像羚羊般椭圆形眼睛盯着每一样东西，谁会不发抖呢？它一边口中咂咂作响，一边摇晃它那镶有一条"绦带"的可爱的圆耳朵，把榛子壳和它的威风胡乱撒向我那些惊愕不已的小动物。

第一天，它喝牛奶，在我的头发上蹭干净两只手，然后模仿松鸦的叫声，往空中蹦跳。它沿着天花板的突饰奔跑，过一会儿，又趴在一块路易十六时代的地毯上，把一个戴头盔的半裸人物的鼻子吃掉。不过，它并不认为我会惩罚它，又回到我的肩上，梳理我的头发，把冰冷而友好的小鼻子、肉乎乎的舌头在我耳朵下方蹭，它那独特的气息散发出麝香的芬芳。

"它挺好看，可是……它对人亲热吗？"我的男女朋友这么问道。

我觉得，他们这样直截了当地提出问题真放肆，他们的问题总是同样的问题。多么苛刻，而且，对待动物多么卑劣……"有来有往"，可我们又给了些什么呢？一点儿食物，——和一条锁链。

"拴住它，它抓了一团毛线！"

一条在皮蒂里基童年时就箍在它腰周围的锁链磨损了它的毛皮。它那如羽毛般轻盈、如火焰般闪烁、翘在空中的尾巴在跳来跳去时便发出一种如苦役犯戴的镣铐的声音。

"抓住它，把它拴住，它把糖果盒拿走啦！"

它被缚住之后，就把手指长长的手，那一天要洗十次，保养得很好的手塞进钢制腰带和肋部之间，陷入沉思。当我带它去乡间时，我恍然大悟，直到那时，它一直过的是沉闷的城市生活。它没有立刻走出敞开的笼门。它把一双手紧紧贴在胸前，出神地凝视着由花园、草地和大海构成的一片无边的绿色，身体则有规律地战栗，我只能把这种战栗比作生命垂危的蝴蝶的抖动。它的美丽的、如一颗泪珠般凸起的眼睛里映出一片绿色。不过，皮蒂里基已经与我们一道生活了相当的时间，并不指望有过分的恩赐。我牵住链子的另一端，它便随我一起在草坪上行走。在草地上，它干净利落地小便，采摘一粒粒黑色的野果籽。然后，它用前肢揽住一棵鲜花盛开的女贞树底部的枝丫，发疯似的摇晃它，咬住它，仿佛要看看这树枝是不是活的。

　　这时，它瞧见空中飞过的鸟儿，便伸长脖子向鸟儿致意，这一举动几乎使它离了地面……

　　然而，那时候它只有一条稍长的锁链。难道不该提防野猫、狗、寒夜，尤其是我放养的四只来回盘旋瞭望的雀鹰吗？那些自由自在地走动的动物渐渐走近它，有时使它亢奋，有时惹它恼怒。它遇见一条脆蛇蜥，耳朵之间的前额上便立即堆起皱纹，竖起了脖子和尾巴的簇毛，血丝也蒙上了暗色水晶一样的眼睛。在我起来调解之前，皮蒂里基已经翻了个空心筋斗，像只好斗的公鸡在空中打了个旋，那蠕蠕而动、并不伤人的小蛇已然躺在地上，断成两截……

　　但是，对癞蛤蟆，松鼠只是表现出相当反常的厌恶。有时，它向表皮长满疙瘩的、肥肥的雌性癞蛤蟆伸出爪子，显得挺友好地搔它那脓疱状的脑袋，但是，癞蛤蟆却鼓起了肚子，表示抗拒，皮蒂里基气得眼都红了（确实如此），发出刺耳的喊杀声。

　　它度过了愉快而又充实的复活节假日，它发胖了。除了我敞开给它的榛子、核桃、杏仁外，它还咬了窗帘、镜框的一角，凿穿了一个银匙，整天把一根葡萄枝搂在怀里走来走去，用嘴唇舔着。它轻盈地在我双肩之间窜来窜去，往我耳朵里吹气，可是，我讨厌它身上那条链子的声音和它柔软光滑的肋部的周围那一小圈被磨损的皮毛。

　　五六月间，在巴黎我那小小的园子里开满了白洋槐花、杜鹃花和葵花。皮蒂里基关在笼子里，把它的可爱的鼻子挤在两条栏杆之间。我知道，我终将打开笼子，解开它的锁链，而且我会想它的。

　　我给皮蒂里基以自由的时候，我回想起来正是六月，温煦的微风轻轻吹拂，洋槐花和双瓣樱桃花如一条条雪白的斜线在空气中摇曳，而自由了的松鼠却一动也不动，它两只手交叉，久久地、全神贯注地坐在窗台上。它开始做它的习惯动作，把手塞进腹部和链子之间，但它没找到链子。它笨拙而轻轻地跳了一下，估量那根原先拴它的断链带的确切长度，然后，又试着跳了一下，那时，它只是瞅着我。最后，它不安地咳嗽，急急地奔跑起来，然后，消失得无影无踪。

　　暮霭降临时，我叫唤它的名字，但没有用。可是，夜色深沉时，窗台上面响起了松鼠那轻轻的、朴实的干咳声，它呼唤着我，皮蒂里基像主人似的回到房间。它步履蹒跚，因户外的空气、树木、鲜花和海拔高度而为之心醉。它就着盥洗盆的水嘴畅饮，用一双手梳洗一番，准备床铺——那个它每天晚上打开，然后又裹在身上的毛线团，像粗汉那样嘟囔："我的床！他妈的，我的床！"夜里，它乱梦萦绕。第二天，我又见到它自由自在地坐在窗边，等待着折断那条其实已不再存在的链子……

　　那天，它没有离开花园。在杜鹃花、洋槐花丛中，在我那低矮的房子的天沟里，重又开始像人间天堂一般的生活。一群飞来飞去的燕子和麻雀围着皮蒂里基，对它鸣叫，时而用喙啄它，它便咕唧不休，开始蹦蹦跳跳，鸟儿们见它这样，劈劈啪啪地像鼓掌似的舞动翅膀。它欣喜若狂，忘乎所以，追逐我那宝贝猫，把猫从洋槐树那儿撵走，它得意洋洋，像洗瓶毛刷那样蹲在洋槐树上，一脸满不在乎、睥睨万物的神态："现在，轮到谁啦？"

　　放假了，我们管不着它啦……皮蒂里基来到花园，在三条小径环绕的几幢住房前玩耍。它远没去失去爱交际的性情，甚至还向那儿的居民施展自己的社交影响。于是，便有人来告诉我：

　　"皮蒂里基在维塔尔街躺了两个小时。它坐在钢琴上，听小姑娘学唱歌……"

　　"有人从艾格隆·勒鲁太太家里来，说要看看皮蒂里基有没有带来一把镶银的玳瑁小梳子，它是从小梳妆台上拿走的。艾格隆·勒鲁太太说，如果找不到，也没关系……"

　　它每天早出晚归，精力充沛，皮毛光亮，因为获得自由的缘故，甚至因为感恩的缘故，它显得神采奕奕，它从不忘记回家，从不忘记向我滥施松鼠式的爱抚和亲吻。这重新开始的世界，这一平衡状态，这野生动物和我们之间的纯洁关系，持续了两三个星期。一天晚上，皮蒂里基没有回来，后来的晚上也没有再回来。我确信，人类的双手又重新擒住了它，擒住了它的皮毛，它用来滑跳的柔软的后爪，它那为了伸出脑袋让人抚摸而贴在两侧的耳朵。

正是因为想起皮蒂里基，想起那些生活在我们中间感到别扭，因而悲伤地隐居起来的其他野生动物，我才常常体味到"对人的厌恶"。

作者简介 ◆

阿尔贝·加缪

（1913～1960）

法国作家。主要作品有小说《局外人》、《鼠疫》、《堕落》及剧本《戒严》和《正义者》等。

蒂巴萨的婚礼

　　春天，蒂巴萨住满了神祇，它们说着话儿，在阳光和苦艾的气味中，在披挂着银甲的大海上，在深蓝色的天空中，在铺满了鲜花的废墟上，在沸滚于乱石堆里的光亮中。在某个时辰，田野被太阳照得黑乎乎一片。眼睛什么也看不见，只能抓住在睫毛边上颤动的一滴滴光亮和色彩。芳香植物浓郁的气味直刺嗓子眼儿，在酷热中让人透不过气来。极远处，我只能勉强看见舍努阿山那黑黑的一团，这山的根在环绕村庄的群山里，它平稳而沉重地摇晃着，跑去蹲在大海里。

　　我们穿过村庄，这村庄已经开向海滩了。我们进入一个黄色和蓝色的世界，迎接我们的是阿尔及利亚夏天的土地的芬芳和辛辣的气息。到处可见，玫瑰花越出别墅的墙外；花园里，木槿还只有淡淡的红色，而一片繁茂的花，其茶红色却奶油一般浓，还有一片长长的蓝色鸢尾花，其边缘弯得极为精巧。石头都是热的。我们走下金黄色的公共汽车时，肉店老板们正坐着红色的车子进行早晨的巡回，他们吹响喇叭呼唤着居民。

　　港口左侧，有一条干燥的石头小路，穿过一片乳香黄连木和染料木，通向废墟。道路从一座小灯塔前经过，然后深入田野。灯塔脚下，已经有开着紫色、黄色和红色的花的肥大植物爬向海边的岩石，大海正吮吸着，发出阵阵亲吻似的响声。我们站立在微风中，头上的太阳只晒热了我们的脸颊的一面，我们望着光明从天上下来，大海没有一丝皱纹，它那明亮的牙齿绽出微笑。进入废墟王国之前，这是我们最后一次做旁观者。

走了几步，苦艾的气味就呛得我们喉咙难受。它那灰色的绒毛盖满了无际的废墟。它的精华在热气中蒸腾，从地上到天上弥漫着一片慷慨的酒气，天都为之摇晃了。我们迎着爱情和欲望走去。我们不寻求什么教训，也不寻求人们向伟人所要求的那种苦涩的哲学。阳光之外，亲吻之外，原野的香气之外，一切对我们来说都微不足道。对于我，我不想一个人独自来到这里。我经常和我喜欢的那些人一起来，我在他们脸上看到了明媚的微笑，那是充满爱情的脸呈现出的微笑。这里，我把秩序和节制留给别人去说。这是自然的大放纵，这是大海的大放纵，我整个儿地被抓住了。在这废墟与春天的结合中，废墟又变成了石头，失去了人强加于它的光滑，重新回到自然之中。为了这些回头浪子，自然毫不吝惜鲜花。在广场的石板中间，天芥菜长出了它那白色的圆脑袋，红色的天竺葵把它的血撒在昔日的房屋、庙宇和公共广场上。如同许多的知识将一些人引向上帝，许多的岁月将废墟又带回母亲的家园。今天，它们的过去终于离去，什么也不能使他们与这种深厚的力量分开，这力量把它们引向尘世间的事物的中心。

多少时间在碾碎苦艾、抚摸废墟、试图让我的呼吸与世界骚动的叹息在相配合之中过去了！我深深地沉入原野的气味和催人入睡的昆虫合唱之中，对着这充满着热的天空那不堪承受的雄伟睁开了双眼。成为自己，找到深藏的能力，这并不那么容易。然而，望着舍努阿山那结实的脊梁，我的心平静了，洋溢着一种奇异的信心。我学会了呼吸，我融合了我自己，我完成了我自己。我攀登过一座又一座山丘，每一座都给了我奖赏，如同那座庙宇，其圆柱度量着太阳的行程，人们从那里可以看见整个村庄，它的白色、粉红色的墙，它的绿色的阳台上。也如同东山上那座大教堂，它还保留着墙，其周围很大范围内摆着出土的石棺，大部分刚刚被发掘出来。它们曾经收容过死者，现在则长出了鼠尾草和野萝卜。圣萨尔萨教堂是基督教的教堂，然而每一次从窗洞望出去，我们看见的都是世界的旋律：长满松柏的山丘，或是滚动着一群二十米长的白犬的大海。背伏着圣萨尔萨教堂的山丘顶部平坦，风通过柱廊吹得更为畅快。在早晨的太阳下，空中摇荡着一种巨大的幸福。

　　需要神话的人们是很可怜的。在这里，神祇充当着岁月流逝的河床或参照物。我描绘，然后我说："这是红色，这是蓝色，这是绿色。这是大海，这是高山，这是鲜花。"我无须提到狄俄倪索斯就可以说我喜欢把鼻子紧贴着乳香黄连木的花球。我还可以无拘无束地想到那首献给得墨忒耳的古老颂歌："世上活着的人中看见这些事情的人是幸福的。"看见，而且在世上看见，这教训怎能忘记？对于厄琉西斯的神秘，只需沉思就够了。就在这里，我知道我接近世界永远是不够的。我应该精赤条条，然后带着大地之精华的香气投入大海，在后者之中洗刷前者的精华，在我的皮肤上牢牢地系上一条纽带，为了这纽带，大地和大海嘴对嘴地呼吸了那么久。进入水中，先是一阵寒战，然后是一种又凉又浑的胶上升，然后是两耳嗡嗡作响，流鼻涕，嘴里发苦——这是游泳，两臂出了海像添了一层水，再在太阳底下晒，每一块肌肉都在扭曲中磨炼；水在我身上流，我的腿在一片骚动中占有了波浪——天际消失了。上了岸，跌进沙滩，委身于世界，重新回到我的血肉的重力之中，太阳晒得我昏头昏脑，我渐渐看见胳膊上水流了下去，干了的皮肤露出金黄色的汗毛和沙砾。

　　我在这里明白了什么是光荣，那就是无节制地爱的权利。在这个世界上只有一种爱情。抱紧一个女人的躯体，这也是把从天空降下大海的那种奇特的快乐留在自己身上。刚才，当我想扑向一丛苦艾，让它的芬芳进入我的身体时，我应该不顾一切偏见地意识到，我正在完成一桩真理，这既是太阳的真理，也是我的死亡的真理。从某种意义上说，我在这里玩耍时，正是我的生命，这生命散发着火热的石头的气味，充满了大海和刚刚开始鸣叫的蝉的叹息。微风是清凉的，天空是蔚蓝的。我无保留地爱这生命，愿意自由地谈论它，因为它使我对我作为人的处境感到骄傲。然而，人们常常对我说：没有什么可骄傲的。不，确有可以骄傲的东西：这阳光，这大海，我的洋溢着青春的心，我的满是盐味儿的身体，还有那温情和光荣在黄色和蓝色中相会的广阔的背景。我必须运用我的力量和才能来获取的正是这一切。这里的一切都使我完整无损，我什么也不抛弃，我任何假面也不戴，我只需耐心地学习那困难的生活本领，这抵得上所有那些生活艺术。

快到中午了，我们穿过废墟回到港口边上的一家小咖啡馆。阳光和色彩的铙钹在我们的脑袋里轰响，好凉快啊，那阴影憧憧的大厅，那绿色的、冰镇的大杯薄荷茶！外面，是大海和飞扬着滚烫的尘土的公路。我坐在桌前，试图在闪动睫毛间捉住热得发白的天空那炫目的五颜六色。我们的脸上满是汗水，轻薄的衣裳下面的身体却是凉爽的，我们都炫耀着与世界进行了一天的婚宴所感到的幸福的疲倦。

这咖啡馆里吃得不好，然而有大量的水果，尤其是桃子，我们一口咬下去，果汁顺着腮往下流。当我的牙咬住了桃子的时候，我听见了我的血汩汩地涌上耳朵，我全神贯注地看着。海上，是中午的无边的寂静，任何美的东西都为自己的美感到骄傲，今天的世界让它的骄傲在各个方面流露出来。在它面前，我为什么要否认生之快乐呢，如果我知道不能把一切都包容在生之快乐中？幸福并没有什么可以让人感到羞耻的。然而今日蠢人为王，我把那些怯于享受的人称为蠢人。关于骄傲，人们对我们说了那么多：你们知道，骄傲是撒旦的罪孽。他们喊道：小心，你们会迷路的，会失去你们的力量的。事实上，我是从此才知道某种骄傲的……其他时候，我总是禁不住要求整个世界都在设法给予我的这种生之骄傲。在蒂巴萨，我看到的和我相信的完全一致，我绝不固执地否认我的手能触摸、我的唇能够亲吻的东西。我没有感到需要将其制成一件艺术品，但我感到需要讲一讲，这是不一样的。在我看来，蒂巴萨就像那些人物，人们描绘他们是为了间接地表明一种对于世界的看法。它像他们一样地作证，并且是强有力地作证。它今天成了我的人物，在抚爱它描绘它的时候，我的陶醉好像变得无穷无尽了。有生活的时间，也有为生活作证的时间。同时也有创造的时间，这就不那么自然了。对我来说，用我全部的身体生活，用我全部的心作证，这就足够了。首先是体验蒂巴萨，然后自然会有作证和艺术品。这里有一种自由。

我在蒂巴萨的停留从未超过一天。看风景不可看得过久，时间长了就会觉得看够了。高山、天空、大海，就像人的面孔，有时看到的是一片荒芜，有时则是一片辉煌，这取决于是盯着看还是一眼就看见。所以，任何面孔，要想富于内含，都必须历经某种更新。人们常常抱怨很快就感到厌倦，而这时恰恰应该赞赏世界，因为曾经被遗忘过而显得常见常新。

傍晚，我进入位于国家公路旁的公园，那里花木井然，更见秩序。我走出混乱的芳香和阳光，在因夜晚而凉爽的空气中，精神平静下来，松弛的躯体品味着因爱情得到满足而产生的内心寂静。我在一张椅子上坐下。我看着田野渐渐地变圆。我心满意足。头上，一株石榴垂下花蕾，还没有张开，满布着棱纹，仿佛一只只握起的小拳头；其中包容着春天的一切希望。身后是一丛丛迷迭香，我只闻见了一阵酒香。山丘嵌在树间，再远些，大海如带，上面是一角天空，仿佛抛锚的帆船，安详而温柔。我的心中涌起一种奇特的快乐，就是那种产生于良心安宁的快乐。演员都体验过一种感情，那是当他们意识到演好了一个角色的时候，确切地说，他们使自己的姿态和所演人物的姿态互相吻合，以某种方式进入一种事先谋划好的意图之中，而且又一下子使之与自己的心一起跳动。感觉到的正是这个：我演好了我的角色。我做了人应该做的事，虽然一整天都感到快乐这件事并不是一桩非凡的成功，但却是一种充满了感情的完成，在某些场合中，这使得幸福成为我们的一种义务。于是，我们又感到了孤独，然而是在满足之中。

现在，树上站满了鸟雀。大地缓缓地叹息着，渐渐遁入黑暗。很快，黑夜将随同第一批星辰降临在世界的舞台上。白天的明亮的神祇们将返回每日一次的死亡之中。但又会有别的神祇出现。他们的脸色明暗、憔悴，一定是出生于大地的心脏之中。

至少是现在，一阵阵波浪穿过颤动着金色花粉的空间扑到我的脚下，在沙滩上散开。大海，原野，寂静，土地的芬芳，我周身充满着香气四溢的生命，我咬住了世界的这枚金色的果子，心潮澎湃，感到它那甜而浓的汁液顺着嘴唇流淌。不，我不算什么，世界也不算什么，重要的仅仅是使我们之间产生爱情的那种和谐与寂静。我不想只为我一个人要求这爱情，我知道并且骄傲地与整个人类来分享，这人类生自太阳，生自大海，活跃而有味儿，它从纯朴中汲取伟大，它站在海滩上，向它的天空那明亮的微笑送去会心的微笑。

作者简介 ❖

威廉·亨利·赫德逊

（1841～1922）

英国散文家。主要作品有《紫色的土地》、《绿屋》、《牧羊人的生涯》等。

🍃林 鸟

相当一段时间以来，我一直在攀登一座低矮宽阔的平顶小山；当我拨开灌丛，又出现在空地时，我已经上了一片平坦高地，一片四望空旷，到处石楠与零星荆豆杂生的地方，其间也有几处稠密的冷杉桦木之类。在我面前以及高地的两侧，弥望尽是一带广野。那地亩田垄时有中断，唯独那惊人的青葱翠绿则迄无中断，这点显然与新近降雨丰沛有关。依我看来，南德文郡里的绿色实在未免过多，另外那色调的柔和与亮度也到处过趋单一。在眼睛饱餍这种景色之后，山顶上那些棕褐刺目的稀疏草木反而有爽心怡目之感。这块石楠地宛如一片绿洲与趋避之地；我在那里漫步许久，一直弄得腿脚淋湿；然后我又坐下来等脚晒干，就这样我在这里愉快地度过了几个小时，高兴的是这里再没有人前来打搅。不过鸟类友伴并不缺乏。路边丛薄间一只雄雉的鸣叫似乎已在警告我说我已闯入了禁猎地带。或许这里的禁猎并不严格，因为我便看到我所熟识的食腐肉乌鸦出来为它的幼雏觅食。它在树上稍停了停，接着掠我而过，便不见了。在这目前季节，亦即在初夏时期，当飞起时，它是很容易同它的近亲白嘴鸭分别清楚的。前者在出来巡劫时，它在空中的滑翔流畅而迅速，并不断地改变着方向，时而贴近地面，继而又升腾得很高，

当玫瑰开花的时候

但一般保持着约与树齐的高度。它的滑翔与转弯动作略与鲱鱼鸥相似，只是滑翔时翅膀挺得直直，那长长的翎翮尖端呈现一稍稍上翘的曲线。但最主要的区别还在飞行时的头部姿势。至于白嘴鸭，则像苍鹭与鹤那样，总是把它的利喙笔直地伸向前面。它飞时方向明确，毫不犹豫；它简直可说是跟着它自己的鼻子尖跑，既不左顾，也不右盼。而那寻觅肉食的乌鸦则不停地转动着它的头部，好像只海鸥或猎兔狗那样，忽而这边，忽而那边，仿佛在对地面进行彻底搜查，或集中其视力于某个模糊难辨的事物。

这里不仅有乌鸦：我从羊齿丛中走出时，一只喜鹊正在吱喳叫着，只是拒不露面；过了一会儿，一只樫鸟又对着我啼叫起来，那叫法在鸟中实在够得上十分独特。对于这聒噪不已的警告与咒骂里所流露的一腔忿激，对于这位受惊的孤客在骇睹其他生物侵入其林中净地时胸头盛怒的这种猝然勃发，我有时倒也能深表同情。

这个地方的小鸟相当不少，仿佛此地的荒芜和贫瘠对它们也有着某种吸引力量。各类山雀、各类鸣禽、云雀以及莺鸟正在飞来跑去，到处邀游，并各自吐哜着不同的佳音，这些时而来自树端，时而来自地上，时而逼近，时而遥远；但是随着放歌者的或远或近，鸣声上下，也给那声音带来不同的特质，因而所产生的效果真是千声万籁，嫕然大观。只有岣鸭总是停留在一个地方或保持着一种姿势，另外每次开口唱时，也总是重复着一个调子不变。尽管如此，这种鸟的鸣叫也并不如人们所说的那般单调。

不久之后，我有了更有趣的鸟来听了——红尾。一只雌的飞下地面，离我不到十五码远；它的伴侣追随其后，接着落在一个枯枝上面，而就这样一个胆怯易惊、生性好动的小东西说，它停留的时间很不算短。它周身羽毛丰满，一动不动地待在熠熠的阳光之下，非常惹人注目，可说是英国禽羽族中心情最欢快，样子也最带异国色彩的了。过了一晌，它离开这里，飞向附近一棵树上，于是啭喉歌唱起来；这之后一连半个小时，我始终凝神倾听着它那每过一阵便重复一番的短促曲调——这是一种从来没有为人很好描写过的特别歌唱。"多练使艺术完美"这句格言是不适用于鸟类的歌唱艺术的；因为即以红尾来说，虽然出生于有名的音乐家族，而且歌喉的天赋也极不错，却并不曾因为多练而臻于完美境地。它的歌声之所以有趣不仅因为它的性质特别，也还因为它的出奇糟糕。一位著名的鸟类学家曾经说过，鸟类一般靠两种办法来讨人喜欢，一靠歌喉，二靠羽毛；多数鸟类都是非此即彼，不出这两种途径；另外，长于歌而短于色的族类一旦变得羽毛美艳之后，势必要引起其歌艺的堕落。他这里即是指的红尾而言。但可惜的是，出乎这条规律的例外实在未免太多。例如，即以我们英国岛上的一个鸟族——莺类来说，那些羽毛平常的往往也音调不佳，而那些羽毛最艳丽的又偏偏都是歌唱妙手——例如金翅雀、鹦鸟、金雀、红雀，等等。但是要人长时间地去听一只红尾，哪怕再多的红尾，而不产生厌烦，却是不可能的，因为它那曲调最多也不过是一阕歌曲的几声前奏——那里面所预示的东西根本未能表达出来；也许在遥远的古代时候它曾一度是个幽美繁富、极具变化的歌唱好手，但如今所残留下来的只不过是当年妙曲的一些零星片段而已。它一开始时滴沥溜转的几个音符往往是极动听的，人们的注意力登时被它吸了去。这包括两种声音，但都很美——即那纯净浏亮、有如泉涌的知更雀式的音调，以及更加柔美和富于表情的燕子式的音调。但是一切也即此为止；那歌还没怎么唱出来便已结束，或者"垮去"；因为多数情形是，这个纯净幽美的开始曲不久便被继之而来的一连串稀奇古怪的咕咕唧唧以及破碎不成片段的杂七杂八的混乱声音所弄坏，而且声响又极微弱，数码之外，便听不见。另外，奇怪的是，这些细碎音调最后不仅在这种鸟的不同成员身上很不一致，而且在力度、性质与频率上也很不一致。有的不过单纯一声微弱的鸣啸而已，有的则连续发至六七甚至十来声清晰音响。但整个来说，这些声音的吐放总给人以显然吃力之感，仿佛这种鸟只是在鼓其如簧之舌硬唱下去。

世界散文精品集丛书

作者简介 ◆

伯特兰·亚瑟·罗素

（1872～1970）

英国哲学家、数学家。主要作品有《数学原理》、《哲学论文》等。一九五〇年获诺贝尔文学奖。

论老之将至

虽然有这样一个标题，这篇文章真正要谈的却是怎样才能不老。在我这个年纪，这实在是一个至关重要的问题。我的第一个忠告是，要仔细选择你的祖先。尽管我的双亲皆属早逝，但是考虑到我的其他祖先，我的选择还是很不错的。是的，我的外祖父六十七岁时去世，正值盛年，可是另外三位祖父辈的亲人都活到八十岁以上。至于稍远些的亲戚，我只发现一位没能长寿的，他死于一种已罕见的病症：被杀头。我的一位曾祖母是吉本，英国历史学家，著有《罗马帝国衰亡史》等著作。她活到九十二岁高龄，一直到死，她始终是让子孙们全都感到敬畏的人。我的曾祖母，一辈子生了十个孩子，活了九个，还有一个早年夭折，此外还有过多次流产。可是守寡之后，她马上就致力于妇女的高等教育事业。她是格顿学院——剑桥大学的第一所女子学院的创办人之一，力图使妇女进入医疗行业。她总好讲起她在意大利遇到过的一位面容悲哀的老年绅士，她询问他忧郁的缘故，他说他刚刚失去了两个孙子。"天哪！"她叫道，"我有七十二个孙儿孙女，如果我每失去一个就要悲伤不止，那我就没法活了！""奇怪的母亲。"老绅士回答说。但是，作为她的七十二个孙儿孙女的一员，我却要说我更喜欢她的见地。上了八十岁，她开始感到有些难于入睡，她便经常在午夜时分至凌晨三时这段时间里阅读科普方面的书籍。我想她根本就没有工夫去留意她在衰老。我认为，这就是保持年轻的最佳方法。如果你的兴趣和活动既广泛又浓烈，而且你又能从中感到自己仍然精力旺盛，那么你就不必去考虑你已经活了多少年这种纯粹的统计学情况，更不必去考虑你那也许不很长久的未来。

至于健康，由于我这一生几乎从未患过病，也就没有什么有益的忠告。我吃喝皆随心所欲，醒不了的时候就睡觉。我做事情从不以它是否有益健康为根据，尽管实际上我喜欢做的事情通常是有益健康的。

从心理角度讲，老年需防止两种危险。一是过分沉湎于往事。人不能生活在回忆当中，不能生活在对美好的往昔的怀念或对去世的友人的哀念之中。一个人应当把心思放在未来，放到需要自己去做点什么的事情上，要做到这一点并非轻而易举，往事的影响总是在不断地增加。人们总好认为自己过去的情感要比现在强烈得多，头脑也比现在敏锐。假如真的如此，就该忘掉它；而如果可以忘掉它，那你自以为是的情况就可能并不是真的。

另一件应当避免的事是依恋年轻人，期望从他们的勃勃生气中获取力量。子女们长大成人之后，都想按照自己的意愿生活。如果你还像他们年幼时，那样关心他们，你就会成为他们的包袱，除非他们是异常迟钝的人。我不是说不应该关心子女，而是说这种关心应该是含蓄的，假如可能的话，还应是宽厚的，而不应该过分地感情用事。动物的幼子一旦自立，大动物就不再关心它们了。人类则因其幼年时期较长而难于做到这一点。

我认为，对于那些具有强烈的爱好、其活动又都恰当适宜、并且不受个人情感影响的人们，成功地度过老年绝非难事。只有在这个范围里，长寿才真正有益；只有在这个范围里，源于经验的智慧才能不受压制地得到运用。告诫已经成人的孩子别犯错误是没有用处的，因为一来他们不会相信你，二来错误原来就是教育所必不可少的要素之一。但是，如果你是那种受个人情感支配的人，你就会感到，不把心思都放在子女和孙儿女身上，你就会觉得生活很空虚。假如事实确是如此，那么当你还能为他们提供物质上的帮助，譬如支援他们一笔钱或者为他们编织毛线外套的时候，你就必须明白，绝不要期望他们会因为你的陪伴而感到快活。

有些老人因害怕死亡而苦恼。年轻人害怕死亡是可以理解的。有些年轻人担心他们会在战斗中丧生。一想到会失去生活能够给予他们的种种美好事物，他们就感到痛苦。这种担心并不是无缘无故的，也是情有可原的。但是，对于一位经历了人世的悲欢、履行了个人职责的老人，害怕死亡就有些可怜且可耻了。克服这种恐惧的最好办法是——至少我是这样看的——逐渐扩大你的兴趣范围并使其不受个人情感的影响，直至包围自我的围墙一点一点地离开你，而你的生活则越来越融合于大家的生活之中。每一个人的生活都应该像河水一样——开始是细小的，被限制在狭窄的两岸之间，然后热烈地冲过巨石、滑下瀑布。渐渐地，河道变宽了，河岸扩展了，河水流得更平衡了。最后，河水流入了海洋，不再有明显的间断和停顿，而后便毫无痛苦地摆脱了自身的存在。能够这样理解自己的一生的老人，将不会因害怕死亡而痛苦，因为他所珍爱的一切都将继续存在下去。而且，如果随着精力的衰退，疲倦之感日渐增加，长眠并非是不受欢迎的念头。我渴望死于尚能劳作之时，同时知道他人将继续我所未竟的事业，我大可因为已经尽了自己之所能而感到安慰。

作者简介 ◆

温斯顿·丘吉尔

（1874～1965）

英国政治家、历史学家和散文家。主要作品有《第二次世界大战回忆录》、《英语民族史》等。一九五三年获诺贝尔文学奖。

我与绘画的缘分

年至四十从未握过画笔，老把绘画视为神秘莫测的事，然后突然发现自己投身到了一个颜料、调色板和画布的新奇兴趣中去了，并且成绩还不怎么叫人丧气——这可真是个奇异而打开眼界的体验。我很希望别人也能分享到它。

为了得到真正的快乐，避免烦恼和脑力的过度紧张，我们都应该有一些嗜好。它们必须都很实在，其中最好最简单的莫过于写生和画画了。这样的嗜好在一个最苦闷的时期搭救了我。一九一五年五月末，我离开了海军部，可我仍是内阁和军事委员会的一员。在这个职位上，我什么都知道，却什么都不能干。我有一些炽烈的信念，却无力去把它们付诸实现。那时候，我全身的每根神经都热切地想行动，而我却只能被迫赋闲。

尔后，一个礼拜天，在乡村里，孩子们的颜料盒来帮忙了。我用他们那些玩具水彩颜料稍一尝试，便促使我第二天上午去买了一整套油画器具。下一步我真的动手了。调色板上闪烁着一摊摊颜料；一张崭新的白白的画布摆在我面前；那支没蘸色的画笔重如千斤，性命攸关，悬在空中无从落下。我小心翼翼地用一支很小的画笔蘸真正一点点蓝颜料，然后战战兢兢地在咄咄逼人的雪白画布上画了大约像一颗小豆子那么大的一笔。恰恰那时候只听见车道上驶来了一辆车，而且车里走出来不是别人，正是著名肖像画家约翰·赖福瑞爵士的才气横溢的太太。"画画！不过你还在犹豫什么哟！给我一支笔，要大的。"画笔扑通一声浸进松节油，继而扔进蓝色和白色的颜料中，在我那块调色板上疯狂地搅拌了起来，然后在吓得簌簌直抖的画布上肆意汪洋地涂了好几笔蓝色颜料。紧箍咒被打破了。我那病态的拘束烟消云散了。我抓起一支最大的画笔，雄赳赳气昂昂地朝我的牺牲品扑去。打那以后，我再也不怕画布了。

这个大胆妄为的开端是绘画艺术极其重要的一部分。我们不要野心太大。我们并不希望传世之作。能够在一盒颜料中取乐陶陶，我们就心满意足了。而要这样，大胆是唯一的门券。

我不想说水彩颜料的坏话。可是实在没有比油画颜料更好的材料了。首先，你能比较容易地修饰错误的地方。调色刀只消一下子就能把一上午的心血从画布上"铲"除干净；对表现过去的印象来说，画布反而来得更好。其次，你可以从各种途径达到自己的目的。假如你高兴，可以把颜料一层一层地加上去，你可以改变计划去适应时间和天气的要求。把你所见的景象跟画面相比较简直令人着迷。假如你还没有那么干过的话，在你归天以前——不妨试一试。

当一个人开始慢慢地不感到选择适当的颜色、用适当的手法把它们画到适当的位置上去是一种困难时，我们便面临更广泛的思考了。人们会惊讶地发现在自然景色中还有那么许多以前从未注意到的东西。每当走路乘车的时候，附加了一个新目的，那可真是新鲜有趣之极。山丘的侧面有那么丰富的色彩，在阴影处和阳光下迥然不同；水塘里闪烁着如此耀眼的反光，光波在一层一层地淡下去；表面和边缘那种镀金镶银般的光亮真是美不胜收。我一边散步，一边留心着叶子的色泽和特征，山峦那迷梦一样的紫色，冬天的枝干的绝妙的边线，以及遥远的地平线的暗白色的剪影，那时候，我便本能地意识到了自己。我活了四十多岁，除了用普通的眼光，从未留心过这一切。好比一个人看着一群人，只会说"人可真多啊！"一样。

我认为，这种对自然景色的观察能力的提高，便是我从学画中得来的最大乐趣之一。假如你观察得极其精细入微，并把你所见的情景相当如实地描绘下来，结果画布上的景象就会惊人的逼真。

之后，美术馆便出现了一种新鲜的——至少对于我如此——极其实际的兴趣。你看见了昨天阻碍过你的难点，而且你看见这个难点被一个绘画大师那么轻易地解决了，你会用一种剖析的理解的眼光来欣赏这一幅杰作。

一天，偶然的机缘把我引到马赛附近的一个偏僻角落里，我在那儿遇见了两位塞尚的徒。在他们眼中，自然景色是一团闪烁不定的光，在这里形体与表面并不重要，几乎不为人们所见，人们看到的只是色彩的美丽与和谐对比。这些彩色的每一个小点都放射出一种眼睛感受得到却不明其原因的强光。你瞧，那大海的蓝色，你怎么能描摹它呢？当然不能用现成的任何单色，临摹那种深蓝色的唯一办法，是把跟整个构图真正有关系的各种不同颜色一点一点地堆砌上去。难吗？可是迷人之处也正在这里。

我看过一幅塞尚的画，画的是一座房里的一堵空墙。那是他天才地用最微妙的光线和色彩画成的。现在我常能这样自得其乐：每当我盯着一堵墙壁或各种平整的表面时，便力图辨别从中能看出的各种各样的不同色调，并且思索着这些色调是反光引起的呢，还是出于天然本色。你第一次这么实验的时候，准会大吃一惊，甚至在最平凡的景物上你都能看见那么许多如此美妙的色彩。

所以，很显然地，一个人被一盒颜料装备起来，他便不会心烦意乱，或者无所事事了。有多少东西要欣赏啊，可观看的时间又那么的少！人们会第一次开始去嫉妒梅休赛兰。

注意到记忆在绘画中起的作用是很有趣的。当惠斯特勒在巴黎主持一所学校时，他要他的学生们在一楼观察他们的模特儿，然后跑上楼去，到二楼去画他们的画。当他们比较适应时，他就把他们

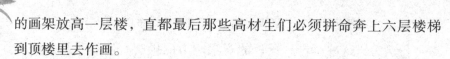

的画架放高一层楼，直都最后那些高材生们必须拼命奔上六层楼梯到顶楼里去作画。

所有最伟大的风景画常常是在最初的那些印象归纳起来好久以后在室内画出来的。荷兰或者意大利的大师在阴暗的地窖里重现了尼德兰狂欢节上闪光的冰块，或者威尼斯的明媚阳光。所以，这就要求对视觉形象具有一种惊人的记忆力。就发展一种受过训练的精确持久的记忆力来说，绘画是一种十分有效的锻炼。

另外，作为游戏的一种刺激剂，实在没有比绘画更好的了。每天排满了有关绘画的远征和实践，既省钱易行，又能陶情养心。哲学家的宁静享受替代了旅行者的无谓的辛劳。你走访的每一个国家都有它自己的主调，你即使见到了也无法描摹它，但你能观察它，理解它，感受它，也会永远地赞美它。不过，只要阳光灿烂，人们是大可不必出国远行的。业余画家踌躇满志地从一个地方到另一个地方东游西荡，老在寻觅那些可以入画可以安安稳稳带回家去的迷人胜景。

作为一种消遣，绘画简直十全十美了。我不知道还有什么在不筋疲力尽消耗体力的情况下比绘画更使人全神贯注的了。不管面临何等的烦恼和威胁，一旦画面开始展开，大脑屏幕上便没有它们的立足之地了。它们就退隐到阴影黑暗中去了。人的全部注意力都集中到了工作上面。当我列队行进时，或者甚至，说来遗憾，在教堂里一次站上半个钟头，我总觉得这种站立的姿势对男人来说很不自在，老那么硬挺着只能使人疲惫不堪而已。可是却没有一个喜欢绘画的人接连站了三四个钟头画画会感到些微的不适。

买一盒颜料，尝试一下吧。假如你知道充满思想和技巧的神奇新世界，一个阳光普照色彩斑斓的花园正近在咫尺等待你，与此同时你却用高尔夫和桥牌消磨时间，那真是太可怜了。能得到新的精神食粮和锻炼，在每个平凡的景色中都能享有一种额外的兴味，使每个空闲的钟点都很充实，都是一次充满了销魂荡魄般发现的无休止的航行——这些都是崇高的褒赏。我希望它们也能为你所享有。

作者简介 ❖

罗伯特·林德

(1879～1949)

英国杂文家和文学批评家。主要作品有《文学的技巧》、《约翰逊博士极其交游》等。

无知的乐趣

同一个普通城里人在乡下散步——也许，特别是在四月份或五月份——而不对他的无知的领域像海洋那样宽阔感到惊讶是不可能的。一个人在乡下散步而不对自己的无知的领域像海洋那样宽阔感到惊讶是不可能的。成千上万的男女活着然后死去，一辈子也不知道山毛榉和榆树之间有什么区别，不知道乌鸦和画眉的啼鸣有什么不同。很可能，在一座现代化的城市里，能够辨别乌鸦和画眉的啼鸣的人是例外。这并不是因为我们没有见过这些鸟，而仅仅是因为我们没有注意到它们。我们整整一生都有鸟生活在我们的周围，然而我们的观察力是如此微弱，以致我们中间许多人弄不清楚苍头燕雀是否会唱歌，说不出布谷鸟是什么颜色。我们像孩子似的争论布谷鸟是否飞的时候总是唱歌还是仅仅有时候在树枝上唱歌，争论查普曼的下面两行诗是根据他的想象呢还是根据他对大自然的认识写的：

当布谷鸟在翠绿的橡树怀中歌唱，

初次使人们在明媚春天心花怒放。

然而，这种无知并不完全是可悲的。从这种无知我们可以得到有所发现的乐趣，这种乐趣是经常的。只要我们是足够无知的，那么每年春天，大自然的每一个事实就会来到我们面前；而每个事实的上面还带着露水。如果我们活了半辈子还从来没有见过布谷鸟，而且只知道它是一个流浪者的声音，那么当我们看到它因为深知自己的罪过而从一座树林匆匆忙忙地飞逃到另一座树林时，我们是特别地高兴的；我们对布谷鸟在敢于降落到枞树山坡上（那里可能有复仇者潜伏着）之前，像鹰那样在风中停住，长长的尾巴颤抖着的样子，也特别地高兴。假装说博物学家在观察鸟类生活中并无乐趣将是荒谬的，但他的乐趣是稳定的，同生平第一次看见布谷鸟的人的最初兴奋心情相比，几乎是一种理智的、缓慢沉重的消遣；而且瞧吧，世界给变成新的啦。

至于这点，甚至是博物学家的幸福在某种程度上也依靠他的无知，无知给他留下这类新天地让他去征服。他可能在书本上已经达到了知识的顶峰本身，但，在他用自己的眼睛证实每一个光辉的细节之前，他仍然感到是半无知的。他希望亲眼看见雌布谷鸟一种罕见的情景！——在地上下蛋然后用嘴把蛋叼到窝里（在这窝里注定要发生杀害幼鸟的事件）去。他将一天又一天地坐在那里，望远镜紧贴着眼睛，为的是亲自确认或驳斥这样的说法，说布谷鸟确实是在地上而不是在窝里下蛋的。而，如果他是十分有幸竟然发现了这种最遮遮掩掩的鸟在下蛋，那么也仍然有其他领域在等待他去征服，有一大堆有争论的问题等待他去解答，例如布谷鸟的那只蛋的颜色是否同窝里（布谷鸟把它的那只蛋遗弃在这窝里）的其他蛋的颜色总是相同的。无疑，科学家们迄今没有理由为他们错过的无知而哭泣。要是他们似乎什么都懂，那么这仅仅是因为你我几乎什么都不懂。在他们发掘出的每一个事实下面总是有一笔无知的财富在等待着他们。他们将永远不会比托马斯·布朗爵士更多知道塞壬唱给尤利塞斯听的是什么歌。

我把布谷鸟请了进来作为例子来说明普通人的无知，这并不是因为我可以就这种鸟作权威性的发言。理由仅仅是因为我曾经在一个似乎受到过非洲所有布谷鸟的侵袭的教区里度过春天，我从而认识到，对它们，或者任何一个我遇见过的人，是了解得十分少的。但我的无知并不局限于布谷鸟。它涉及所有上帝创造性出来的东西，从太阳和月亮一直到花卉的名字。我曾经有一次听到一位聪明的太太问，新月是否总是在相同的星期几出现。她补充说也许最好是不知道，因为，如果人们事先不知道什么时候、在天上的哪个地方能够看见新月，那么它的出现总会给人带来意外的愉快。然而，我想，即使对那些熟悉新月的活动时间表的人们，新月也总是出乎意料地来到的。我们并不会因为我们对一年四季的职司有足够的知识，知道要在三月或四月，而不是在十月里，去找报春花，而在发现一株早开的报春花时就不那么高兴。我们也知道苹果树是在结果子之前而不是在结果子之后开花的，但当五月份我们到一家果园去度假日时，这并不会减少我们对假日之美妙所感到的惊讶。

也许，与此同时，每年春天重新温对许多花卉的名字会有一种特殊的愉快。这就像重读一本人们几乎已经忘记了的书一样。蒙田告诉我们说，他的记忆力非常糟糕，糟到每次读一本旧书就好像以前从来没有读过这本书一样。我自己就有一个不可捉摸的、有漏洞的记忆力。我甚至能够读起《哈姆雷特》和《匹克威克外传》来好像是在读新作家油墨未干的作品一样，因为在一次阅读和另一次阅读的间隔中间，那些书的内容有那么多都消失了。有些时候，这样一种记忆力是一种苦恼，特别是如果你热爱准确性的话。但这种情况只会发生在当生活（除娱乐之外）另有其目的的时候。就纯粹给人以享受这方面来说，坏的记忆力值得提一提的地方也并不见得比好的记忆力少。一个记忆力坏的人可以一辈子继续不断地阅读普鲁塔克的作品和《天方夜谭》。就像一群羊一个接一个地从树篱的缺口跳过去不可能不在荆棘上留下儿撮毛一样，很可能，即使在记忆力最坏的脑子里也会留下零星片断的东西。但是羊本身逃出去了，那些大作家也以同样的方式从一个懒惰的脑子跳出去了，留下来的东西真够少的。

　而，如果我们能够把书忘掉的话，那么当一年十二个月一旦过去之后，要把这些月份和它们向我们说明的问题忘掉是同样容易的。仅仅在一刹那间我告诉自己，我熟悉五月就像熟悉乘法表一样，并且我能够通过一场关于五月的花卉、这些花卉的样子和它们的顺序的考试。今天我能够满怀信心地断言：金凤花有五个花瓣（或许是六个？上个星期我是知道得很肯定的）。但明年我将很可能忘记了我的算术，并且可能得再学习一次以免把金凤花同白屈菜混淆起来。再一次我将通过一个陌生人的眼睛把世界看作是一个花园，美丽如画的田野将出乎意料地使我大吃一惊。我将发现自己在问自己，宣称雨燕（那只黑色的被夸大了的燕子；然而，可又是蜂鸟的亲属）永远不落下来栖息，哪怕是在一个鸟窝上也不落下，而是在夜间消逝在高空的是科学呢还是无知。我将带着新的惊讶了解到唱歌的布谷鸟是雄的而不是雌的。我也许要再学习一遍以免把狗筋蔓叫做野天竺葵，也许要再学习一遍去重新发现蒌皮树在树木的成规中是来得早还是来得晚的。一位当代的英国小说家曾经有一次被外国人问到，在英国，最重要的庄稼是什么。他毫不犹豫地回答："黑麦。"像这样的完全的无知，在我看来似乎带有豪言壮语的味道；但是，即使是不识字的人的无知也是巨大的。使用电话机的普通人解释不了电话机是怎样工作的。他把电话、火车、铸造排字机、飞机视为理所当然的东西，正像我们的祖先把福音书中的奇迹视作理所当然的东西一样。对这些东西，他既不怀疑也不理解。我们每一个人好像只是调查了一个小圈子里面的事实并把这些事实变成了自己的。日常工作以外的知识被大多数人看作是华而不实的东西。然而我们还是经常对我们的无知作出反应，加以反对的。我们不时地唤起自己并思考。我们喜欢对什么事情都思考——思考死后的生活或思考那些像据说曾经使阿里斯多德感到困惑的问题——"为什么从中午到子夜打喷嚏是好的，但从半夜到中午打喷嚏则是不吉利的？"——

人类感受过的最大欢乐之一是：迅速逃到无知中去追求知识。无知的巨大乐趣，归根结底，是提问题的乐趣。已经失去了这种乐趣的人或已经用这种乐趣去换取教条的乐趣（这就是回答问题的乐趣）的人，已经在开始僵化。人们羡慕像乔伊特那样爱一问到底的人，他在六十岁之后还坐下来学习生理学。我们中间的大多数人在到达他这个年龄以前很久就已经失去了无知感。我们甚至对我们像松鼠那样积攒的一点知识感到自负，并把不断增长的年龄本身看作是无所不知的源泉。我们忘记了苏格拉底之所以以智慧闻名于世并不是因为他无所不知，而是因为他七十岁的时候认识到他还什么都不知道。

当玫瑰开花的时候

作者简介 ❖

马克斯·比尔博姆

（1872～1956）

英国著名漫画家、作家。其代表作有《马克斯·比尔博姆》等。

送　行

对于送行，我并不在行。我觉得要扮好送行的角色似乎是世界上最难的事情了，对大家来说，或许同样如此吧。

到滑铁卢车站给一位去伏克斯豪尔的朋友送行，那该是件十分容易的事，但我们从来不会被请去表演这种小技。只有当一个朋友将做一次较长的旅行，将离开一段较长的时间，我们才来到火车站。朋友越亲，路程越远，分别越久，我们就到得越早，送行也必定越笨拙得可怜。我们的这种无能，与送别场合的隆重以及我们感情的深度恰成正比。

在房间里，甚至在家门前，我们能亲切、自然地送别友人，脸上会流露出心中所感到的真诚的忧伤，话语也很得体，双方都没有拘谨，不觉得尴尬，我们中间的友情之线并未折断。这样的告别倒是理想的。那么，何不到此为止呢？辞行的朋友往往恳请我们，第二天早上不必劳驾去车站，我们明知这并非真心，也就不予理会。可如果我们信以为真，离去的朋友就会认为我们太不谙世故了，况且他们也确实希望再见我们一次。他们这个心愿得到了诚心诚意的报答——我们按时来到车站。随后呢，天哪！随后我们和他们之间就出现了一道深渊。我们徒劳地伸过手去，它还是把我们断然隔开。

我们简直无话可说,互相注视着就像不会开口的动物瞧着人一样。我们在"制造谈话"——就这样没话找话。我们明知昨天晚上刚和这些朋友道别,他们也清楚我们没变模样,但表面上,一切都不同了,我们是那么紧张,只盼着车警吹哨开车来结束这一出滑稽戏。

上星期一个阴冷的早晨,我准时赶到尤斯顿车站,去送一位动身前往美国的老朋友。

头天晚上,我们为他饯行。席间,欢宴的气氛里掺杂着惜别的凄怆,他可能一去数载才归,我们有些人也许再也见不到他了,我们既有对未来的悬想,又有对昔日欢乐的倾诉。我们感谢他光临做客,惋惜他即将离去,两种情感都溢于言表,这实在是一次完美的送别了。

可现在,在月台上,我们又变得局促不安了。我们的朋友的脸出现在车窗口,但那已像是一张陌生人的脸——一个巴望讨好、哀哀求助的、笨拙的陌生人。"你东西都拿了吗?"我们中有人打破了沉默。"拿了,都拿了。""你将要在车上吃午饭。"我说,尽管这个"预言"已经重复过几次。"啊,是啊!"他坚信不疑地应道,还补充说那趟车是直达利物浦的。这句相当奇怪的话使我们很吃惊,我们互相递着眼色,有人问:"它在克鲁不停吗?""不停。"那位朋友简短地答道。他几乎变得叫人讨厌了。接着是长时间的沉默,我们之中有个人强作笑颜,对旅行者点点头,打了个哈哈,对方同样应一声,报之以点头和微笑。又一个人一阵咳嗽,打断了又一次沉默,显然,那是故意做作的,不过也能挨点时间。月台上的嘈杂熙攘不见静息,离开车还早,我们的,也是我们那位朋友的"解脱"还没到来。

我游移的目光落在一个肥胖的中年人身上。他站在月台上,正与车厢里一位年轻的小姐热切地说着什么,和我们只隔开一个车窗。他那硕大的侧影好像有点面熟。一望而知,那位小姐是美国人,他是英国人。要不,凭他那感人的表情,我会猜想他是她的父亲。我真希望能听到他在说什么，我断定他正给予她最好的忠告，他眼神里深挚的慈爱实在动人。临别赠言从他口中一泻而出，使他那么吸引人，以致在我站着的地方也能感觉到他的魅力。就像他的侧影一样，这魅力我也似曾相识。我在哪儿见过呢？

忽然，我想起来了，这个人是休伯特·勒罗。自从我上次见到他以来，他变多了！那还是七八年前，在斯特兰剧院，他刚被解聘，问我借了半克朗钱。他总是那么诱人，能借什么东西给他，似乎是件很荣幸的事。我始终不明白，为什么他的魅力没使他在伦敦舞台上获得成功。他是个优秀的演员，平素稳重，但像许多与他同类的人一样，休伯特·勒罗（这当然不是他的真名）很快就漂泊他乡，从我，从每个人的记忆中消失了。

过了这么些年，在尤斯顿车站的月台上邂逅，他显得那样壮实，那样神采奕奕，真不可思议！除了身体发福，一身衣着也使人难以认出他来了。从前，他老是穿件仿毛皮的外衣。这件外衣，像他那胡子拉碴的瘦长下巴一样，也是他的组成部分。现在，他的服装堪称华贵高雅，岂止招人起眼，简直引人注目。他看上去像个银行家，任何人有他来送行，都会感到荣幸的。

"请往后站！"火车就要开了，我挥手和朋友告别，勒罗没朝后站，双手仍紧抓着那个年轻的美国人。"先生，请往后站！"他听从了，但马上又冲上前去，小声地最后再叮咛几句。我觉得小姐眼中仿佛含着泪水，而他注视着列车驶去，直到看不见时才转过身来，我发现他确实泪水盈眶。不过他看到我，还是挺高兴。他问我这些年来躲到哪儿去了，同时把半克朗钱还给我，好像它是昨天刚借去似的。他挽住我的胳臂，顺月台慢慢走着，一面告诉我，每星期六他是何等欣喜地读我写的戏剧评论。

作为回敬，我也告诉他，舞台上失去他是多么遗憾。"啊，是的，"他说，"如今我不再在舞台上演戏了。"他把"舞台"这个字说得特别重。我又问他到底在哪里表演。"台上。"他回答。"你的意思是，"我说，"在音乐会上朗诵？"他笑了。"这个月台，"他用手杖敲敲地面，悄悄说道，"就是我说的台。"莫非神秘的发迹使他神经错乱了？他看来很清醒。我请求他说明白些。

他递给我一支雪茄烟，帮我点上火，说道："我想，你方才是送一位朋友吧？"我说是的。他又问我是否知道他在干什么，我说我看见他也在送人。"不，"他一本正经地说，"那位小姐并不是我的朋友。今天早上，不到半小时以前，我跟她才在这儿第一次见面。"说着，他又用手杖敲敲地面。

坦白说我给搞糊涂了。他笑道："你大概听到过英美社交处？"我没听说过。他对我解释说，每年有成千上万美国人路经英国，其中许多人在英国没有亲友。以往他们一般都带介绍信，但英国人是那么不好客，以致这些信的价值比它们所用的纸都不如了。"于是，"勒罗说，"英美社交处就满足了一个想望已久的需求。美国人是爱交际的，大多很有钱，英美社交处向他们提供英国'朋友'，百分之五十的报酬付给这些'朋友'，另一半由社交处扣下。我嘛，唉，不是处长，否则一定成个真正的富翁！我不过是个雇员，但即使那样，我也混得不错。我是送行员之一。"

我再次请他指教。"许多美国人，"他说，"在英国交不上'朋友'，但完全可以雇人送行。送单身旅客的费用仅仅五英镑或二十五美元，送两位或更多人就收八英镑或四十美元。他们到社交处付钱，留下动身日期和外貌特征，以便送行员在月台上认出他们。然后嘛，然后他们就被送行了。"

"但是那值得吗？"我喊道。"当然值得，"勒罗说，"这样可以免得他们感到孤独，既让他们博得车警的尊敬，也不致被他们的旅伴——那些将要同车的人瞧不起，在整个旅途中都有了身价地位。此外，这送行本身就包含着巨大的乐趣。你看见我送那位小姐了，你不感到我干得很出色吗？""出色，"我承认，"我很羡慕你。我在那儿……""是啊，我能想象，你在那儿浑身不自在，茫然地看着你的朋友，竭力找些话讲。这我明白。在学习这一行，入了门并以此为业之前，我也是这样的。我不是说我已经精通，我仍然一上月台就发慌。你自己也发现，一切演出场所中，最难演的地方就是火车站。""但是，"我不满地反驳道，"我并不试图演戏。我的确有感情！""我也一样，伙计，"勒罗说，"没有感情演不成戏嘛。那个法国人——叫什么名字来着？对了，狄德罗——说没感情也行，可他懂什么送行？火车启动时，你没瞧见我眼中的泪水？它们不是我硬挤出来的。告诉你，我真的感动了！我敢说，你也不例外，但你就洒不出一滴眼泪来证明你是感动了。你不会表达你的感情，换句话说，你不会演戏。至少，"他温柔地加了一句，"不会在火车站演戏。""教教我吧！"我叫了起来。他若有所思地打量着我。"嗯，"他终于说，"送行的季节差不多过了。好，我将给你上课。我现在已经有不少学生，"他翻了翻一本精美的记事本又说道，"不过每星期二和星期五，我可以挤出一小时时间。"

我承认，他索取的学费相当贵，但是我并不吝惜这笔投资。

作者简介 ❖

约翰·高尔斯华绥

（1867～1933）

英国著名作家，著有《福尔赛世家》等作品，一九三二年获诺贝尔文学奖。

远处的青山

不仅仅是在这刚刚过去的三月里（但已恍同隔世），在一个充满痛苦的日子——德国发动它最后一次总攻后的那个星期天，我还登上过这座青山吗？正是那个阳光和煦的美好天气，南坡上的野茴香浓郁扑鼻，远处的海面一片金黄。我俯身草上，暖着面颊，一边因为那新的恐怖而寻找安慰，这进攻发生在连续四年的战祸之后，益发显得酷烈出奇。

"但愿这一切快些结束吧！"我自言自语道，"那时我就又能到这里来，到一切我熟悉的可爱的地方来，而不致这么伤神揪心，不致随着我的表针的每下滴答，就又有一批生灵惨遭涂炭。啊，但愿我又能——难道这事便永无完结了吗？"

现在总算有了完结，于是我又一次登上了这座青山，头顶上沐浴着十二月的阳光，远处的海面一片金黄。这时心头不再感到疼挛，身上也不再有毒气侵袭。和平了！仍然有些难以相信。不过再不用过度紧张地去谛听那永无休止的隆隆炮火，或去观看那倒毙的人们，张裂的伤口与死亡。和平了，真的和平了！战争继续了这么长久，我们不少人似乎已经忘记了一九一四年八月战争全面爆发之初的那种盛怒与惊愕之感。但是我却没有，而且永远不会。

在我们一些人中——我以为实际在相当多的人中，只不过他们表达不出罢了——这场战争主要会给他们留下了这种感觉："但愿我能找到这样一个国家，那里人们所关心的不再是我们一向所关心的那些，而是美，是自然，是彼此仁爱相待。但愿我能找到那座远处的青山！"关于忒俄克里托斯的诗篇，关于圣弗兰西斯的高风，在当今的各个国家里，正如东风里草上的露珠那样，早已渺不可见。即或过去我们的想法不同，现在我们的幻想也已破灭。不过和平终归已经到来，那些新近被屠杀掉的人们的幽魂总不致再随着我们的呼吸而充塞在我们的胸臆。

和平之感在我们思想上正一天天变得愈益真实和愈益与幸福相连。此刻我已能在这座青山之上为自己还能活在这样一个美好的世界而赞美造物。我能在这温暖阳光的覆盖之下安然睡去，而不会醒后又是过去的那种恹恹欲绝。我甚至能心情欢快地去做梦，不致醒后好梦打破，而且即使作了噩梦，睁开眼睛后也就一切消失。我可以抬头仰望那碧蓝的晴空而不会突然瞥见那里拖曳着一长串狰狞可怖的幻象，或者人对人所干出的种种伤天害理的惨景。我终于能够一动不动地凝视着晴空，那么澄澈而蔚蓝，而不会时刻受着悲愁的拘牵，或者俯视那光滟的远海，而不致担心波面上再会浮起屠杀的血污。

天空中各种禽鸟的飞翔，海鸥、白嘴鸭以及那往来徘徊于白垩坑边的棕色小东西对我都是欣慰，它们是那样自由自在，不受拘束。一只画眉正鸣啭在黑莓丛中，那里叶间还晨露未干。轻如蝉翼的新月依然隐浮在天际；远方不时传来熟悉的声籁；而阳光正暖着我的脸颊。这一切都是多么愉快。这里见不到凶猛可怕的苍鹰飞扑而下，把那快乐的小鸟攫去。这里不再有歉疚不安的良心把我从这逸乐之中唤走。到处都是无限欢欣，完美无瑕。这时张目四望，不管你看看眼前的蜗牛甲壳，雕镂刻画得那般精致，恍如童话里小精灵头上的细角，而且角端作蔷薇色；还是俯瞰从此处至海上的一带平芜，它浮游于午后阳光的微笑之下，几乎活了起来，这里没有树篱，一片空旷，但有许多炯炯有神的树木，还有那银白的海鸥，翱翔在色如蘑菇的耕地或青葱翠绿的田野之间；不管你凝视的是这株小小的粉红雏菊，而且慨叹它的生不适时，还是注目那棕红灰褐的满谷林木，上面乳白色的流云低低悬垂，暗影浮动——一切都是那么美好，这是只有大自然在一个风和日丽的天气，而且那观赏大自然的人的，心情也分外悠闲的时候，才能见得到的。

在这座青山之上，我对战争与和平的区别也认识得比往常更加透彻。在我们的一般生活当中，一切几乎没有发生多大改变——我们并没有领得更多的奶油或更多的汽油，战争的外衣与装备还笼罩着我们，报纸杂志上还充溢着敌意仇恨；但是在精神情绪上我们确已感到了巨大差别，那久病之后逐渐死去还是逐渐恢复的巨大差别。

据说，此次战争爆发之初，曾有一位艺术家杜门不出，把自己关在家中和花园里面，不订报纸，不会宾客，耳不闻杀伐之声，目不睹战争之形，每日唯以作画赏花自娱——只不知他这样继续了多久。难道他这样做法便是聪明，还是他所感受到的痛苦比那些不知躲避的人更加厉害？难道一个人连自己头顶上的苍穹也能躲得开吗？连自己同类的普遍灾难也能无动于衷吗？

整个世界的逐渐恢复——生命这株伟大花朵的慢慢重放——在人的感觉与印象上的确是再美不过的事了。我把手掌狠狠地压在草叶上面，然后把手拿开，再看那草叶慢慢直了过来，脱去它的损伤。我们自己的情形也正是如此，而且永远如此。战争的创伤已深深侵入我们的身心，正如严霜侵入土地那样。在为了杀人流血这桩事情而在战斗、护理、宣传、文字、工事，以及计数不清的各个方面而竭尽努力的人们当中，很少人是出于对战争的真正热忱才去做的。但是，说来奇怪，这四年来写得最优美的一篇诗歌，亦即朱利安·克伦菲尔的《投入战斗！》竟是纵情讴歌战争之作！但是如果我们能把自那第一声战斗号角之后一切男女对战争所发出的深切诅咒全部聚集起来，那些哀歌之多恐怕连笼罩地面的高空也盛装不下。

　　然而那美与仁爱所在的"青山"离开我们还很遥远。什么时候它会更近一些？人们甚至在我所偃卧的这座青山也打过仗。根据在这里白垩与草地上的工事的痕迹，这里还曾宿过士兵。白昼与夜晚的美好、云雀的欢歌、香花与芳草、健美的欢畅、空气的新鲜、星辰的庄严、阳光的和煦，还有那清歌与曼舞、淳朴的友情，这一切都是人们渴求不餍的。但是我们却偏偏要去追逐那浊流一般的命运。所以战争能永远终止吗？

　　这是四年零四个月以来我再没有领略过的快乐，现在我躺在草上，听任思想自由飞翔，那安详如海面上轻轻袭来的和风，那幸福如这座青山上的晴光。

世界散文精品集丛书

作者简介 ❖

乔治·萧伯纳

（1856～1950）

英国作家，其代表作有《华伦夫人的职业》、《巴巴拉少校》和《伤心之家》等。一九二五年获诺贝尔文学奖。

贝多芬百年祭

一百年前，一位虽还听得见雷声但已聋得听不见大型交响乐队演奏自己的乐曲的五十七岁的倔强的单身老人最后一次举拳向着咆哮的天空，然后逝去了，还是和他生前一直那样地唐突神灵，蔑视天地。他是反抗性的化身；他甚至在街上遇上一位大公和他的随从时也总不免把帽子向下按得紧紧地，然后从他们正中间大踏步地直穿而过。他有一架不听话的蒸汽轧路机的风度（大多数轧路机还恭顺地听使唤和不那么调皮呢）；他穿衣服之不讲究尤甚于田间的稻草人：事实上有一次他竟被当作流浪汉给抓了起来，因为警察不肯相信穿得这样破破烂烂的人竟会是一位大作曲家，更不能相信这副躯体竟能容得下纯音响世界最奔腾澎湃的灵魂。他的灵魂是伟大的；但是如果我使用了最伟大的这种字眼，那就是说比韩德尔的灵魂还要伟大，贝多芬自己就会责怪我；而且谁又能自负为灵魂比巴哈的还伟大呢？但是说贝多芬的灵魂是最奔腾澎湃的那可没有一点问题。他的狂风怒涛一般的力量他自己能很容易控制住，可是常常并不愿去控制，这个和他狂呼大笑的滑稽诙谐之处是在别的作曲家作品里都找不到的。毛头小伙子们现在一提起切分音就好像是一种使音乐节奏成为最强而有力的新方法；但是在听过贝多芬的第三里昂诺拉前奏曲之后，最狂热的爵士乐听起来也像"少女的祈祷"那样温和了，可以肯定地说我听过的任何黑人的集体狂欢都不会像贝多芬的第七交响乐最后的乐章那样可以引起最黑最黑的舞蹈家拼了命地跳下去，而也没有另外哪一个作曲家可以先以他的乐曲的阴柔之美使得听众完全溶化在缠绵悱恻的境界里，而后突然以铜号的猛烈声音吹向他们，带着嘲讽似的使他们觉得自己是真傻。除了贝多芬之外谁也管不住贝多芬；而疯劲上来之后，他总有意不去管住自己，于是也就成为管不住的了。

这样奔腾澎湃，这种有意的散乱无章，这种嘲讽，这样无顾忌的骄纵的不理睬传统的风尚——这些就是使得贝多芬不同于十七和十八世纪谨守法度的其他音乐天才的地方。他是造成法国革命的精神风暴中的一个巨浪。他不认任何人为师，他同行里的先辈莫扎特从小起就是梳洗干净，穿着华丽，在王公贵族面前举止大方的。莫扎特小时候曾为了彭巴杜夫人发脾气说："这个女人是谁，也不来亲亲我，连皇后都亲我呢"。这种事在贝多芬是不可想象的，因为甚至在他已老到像一头苍熊时，他仍然是一只未经驯服的熊崽子。莫扎特天性文雅，与当时的传统和社会很合拍，但也有灵魂的孤独。莫扎特和格鲁克之文雅就犹如路易十四宫廷之文雅。海顿之文雅就犹如他同时的最有教养的乡绅之文雅。和他们比起来，从社会地位上说贝多芬就是个不羁的艺术家，一个不穿紧腿裤的激进共和主义者。海顿从不知道什么是嫉妒，曾称呼比他年轻的莫扎特是有史以来最伟大的作曲家，可他就是吃不消贝多芬。莫扎特是更有远见的，他听了贝多芬的演奏后说："有一天他是要出名的。"但是即使莫扎特活得长些，这两个人恐也难以相处下去。贝多芬对莫扎特有一种出于道德原因的恐怖。莫扎特在他的音乐中给贵族中的浪子唐璜加上了一圈迷人的圣光，然后像一个天生的戏剧家那样运用道德的灵活性又回过来给莎拉斯特罗加上了神人的光辉，给他口中的歌词谱上了前所未有的就是出自上帝口中都不会显得不相称的乐调。

贝多芬不是戏剧家，赋予道德以灵活性对他来说就是一种可厌恶的玩世不恭。他仍然认为莫扎特是大师中的大师（这不是一顶空洞的高帽子，它的的确确就是说莫扎特是个为作曲家们欣赏的作曲家，而远远不是流行作曲家）；可是他是穿紧腿裤的宫廷侍从，而贝多芬却是个穿散腿裤的激进共和主义者；同样地海顿也是穿传统制服的侍从。在贝多芬和他们之间隔着一场法国大革命，划分开了十八世纪和十九世纪。但对贝多芬来说莫扎特可不如海顿，因为他把道德当儿戏，用迷人的音乐把罪恶谱成了像德行那样奇妙。如同每一个真正激进共和主义者都具有的，贝多芬身上的清教徒性格使他反对莫扎特，固然莫扎特曾向他启示了十九世纪音乐的各种创新的可能。因此贝多芬上溯到韩德尔，一位和贝多芬同样倔强的老单身汉，把他作为英雄。韩德尔瞧不上莫扎特崇拜的英雄格鲁克，虽然在韩德尔的《弥赛亚》里的田园乐是极为接近格鲁克在他的歌剧《奥菲阿》里那些向我们展示出天堂的原野的各个场面的。

因为有了无线电广播，成百万对音乐还接触不多的人在他百年祭的今年将第一次听到贝多芬的音乐。充满着照例不加选择地加在大音乐家身上的颂扬话的成百篇的纪念文章将使人们抱有通常少有的期望。像贝多芬同时的人一样，虽然他们可以懂得格鲁克和海顿和莫扎特，但从贝多芬那里得到的不但是一种使他们困惑不解的意想不到的音乐，而且有时候简直是听不出是音乐的由管弦乐器发出来的杂乱音响。要解释这也不难。十八世纪的音乐都是舞蹈音乐。舞蹈是由动作起来令人愉快的步子组成的对称样式；舞蹈音乐是不跳舞也听起来令人愉快的由声音组成的对称的样式。因此这些乐式虽然起初不过是像棋盘那样简单，但被展开了，复杂化了，用和声丰富起来了，最后变得类似波斯地毯；而设计像波斯地毯那种乐式的作曲家也就不再期望人们跟着这种音乐跳舞了。要有神巫打旋子的本领才能跟着莫扎特的交响乐跳舞。有一回我还真请了两位训练有索的青年舞蹈家跟着莫扎特的一阕前奏曲跳了一次，结果差点没把他们累垮了。就是音乐上原来使用的有关舞蹈的名词也慢慢地不用了，人们不再使用包括萨拉班德舞、帕凡宫廷舞、加伏特舞和小步舞等等在内的组曲形式，而把自己的音乐创作表现为奏鸣曲和交响乐，里面所包含的各部分也干脆叫做乐章，每一章都用意大利文记上速度，如快板、柔板、谐谑曲板、急板等等。但在任何时候，从巴哈的序曲到莫扎特的《天神交响乐》，音乐总呈现出一种对称的音响样式给我们以一种舞蹈的乐趣来作为乐曲的形式和基础。

可是音乐的作用并不止于创造悦耳的乐式。它还能表达感情，你能去津津有味地欣赏一张波斯地毯或者听一曲巴哈的序曲，但乐趣只止于此；可是你听了《唐璜》前奏曲之后却不可能不发生一种复杂的心情，它使你心理有准备去面对将淹没那种精致但又是魔鬼式的欢乐的一场可怖的末日悲剧；听莫扎特的《天神交响乐》最后一章时你会觉得那和贝多芬的第七交响乐的最后乐章一样，都是狂欢的音乐：它用响亮的鼓声奏出如醉如狂的旋律，而从头到尾又交织着一开始就有的具有一种不寻常的悲伤之美的乐调，因之更加沁人心脾。莫扎特的这一乐章又自始至终是乐式设计的杰作。

但是贝多芬所做到了的一点，也是使得某些与他同时的伟人不得不把他当作一个疯人，有时清醒就出些洋相或者显示出格调不高的一点，在于他把音乐完全用作了表现心情的手段，并且完全不把设计乐式本身作为目的。不错，他一生非常保守地（顺便说一句，这也是激进共和主义者的特点）使用着旧的乐式；但是他加给它们以惊人的活力和激情，包括产生于思想高度的那种最高的激情，使得产生于感觉的激情显得仅仅是感官上的享受，于是他不仅打乱了旧乐式的对称，而且常常使人听不出在感情的风暴之下竟还有什么样式存在着了。他的《英雄交响乐》一开始使用了一个乐式（这是从莫扎特幼年时一个前奏曲里借来的），跟着又用了另外几个很漂亮的乐式；这些乐式被赋予了巨大的内在力量，所以到了乐章的中段，这些乐式就全被不客气地打散了；于是，从只追求乐式的音乐家看来，贝多芬是发了疯了，他抛出了同时使用音阶上所有单音的可怖的和弦。他这么做只是因为他觉得非如此不可，而且还要求你也觉得非如此不可呢。

以上就是贝多芬之谜的全部。他有能力设计最好的乐式；他能写出使你终身享受不尽的美丽的乐曲；他能挑出那些最干燥无味的旋律，把它们展开得那样引人，便你听上一百次也每回都能发现新东西：一句话，你可以拿所有用来形容以乐式见长的作曲家的话来形容他；但是他的病征，也就是不同于别人之处在于他那激动人的品质，他能使我们激动，并把他那奔放的感情笼罩着我们。当柏辽兹听到一位法国作曲家因为贝多芬的音乐使他听了很不舒服而说"我爱听了能使我入睡的音乐"时，他非常生气。贝多芬的音乐是使你清醒的音乐；而当你想独自一个静一会儿的时候，你就怕听他的音乐。

懂了这个，你就从十八世纪前进了一步，也从旧式的跳舞乐队前进了一步（爵士乐，附带说一句，就是贝多芬化了的老式跳舞乐队），不但能懂得贝多芬的音乐而且也能懂得贝多芬以后的最有深度的音乐了。

当玫瑰开花的时候

作者简介 ◆

乔治·奥威尔

（1903～1950）

英国作家，主要作品有《动物农场》、《1984》及许多散文。

射 象

在下缅甸的毛淡棉，我遭到很多人的憎恨——在我一生之中，我居然这么引起重视，也就仅此一遭而已。我当时担任该市的分区警官，那里的反欧洲人情绪非常强烈，尽管漫无目的，只是在小事情上发泄发泄。没有人有足够胆量制造一场暴乱，但是要是有一个欧籍妇女单身经过市场，就有人会对她的衣服吐槟榔汁。作为一个警官，我成了明显的目标，只要安然无事，他们总要捉弄我。在足球场上，会有个手脚灵巧的缅甸球员把我绊倒，而裁判（又是个缅甸人）会装着没瞧见，于是观众就幸灾乐祸地大笑。这样的事发生了不止一桩。到了最后，我走到哪里，哪里就有年轻人的揶揄嘲笑的黄脸在迎接我，待我走远了，他们就在后面起哄叫骂，这真叫我的神经受不了。闹得最凶的是年轻的和尚，该市有好几千个，个个似乎都没有别的事可做，只是站在街头，嘲弄路过的欧洲人。

这使我十分着恼，也使我不解。因为那时我已认清帝国主义是桩邪恶的事，下定决心要尽早辞职滚蛋。从理论上来说——那当然是在心底里——我完全站在缅甸人一边，反对他们的压迫者英国人。至于我所干的工作，我是极不愿意干的，这种不愿意的心情非我言语所能表达。在这样的一个工作岗位上，你可以直接看到帝国主义的卑鄙肮脏。可怜巴巴的犯人给关在臭气熏天的笼子里，长期监禁的犯人面有菜色的脸，被竹杖鞭打后疤痕斑斑的屁股——这一切都使我有犯罪的感觉，压迫得我无法忍受。但是我无法认清楚这一切。我当时很年轻，没有受过什么教育，我不得不独自默默地思索着这些问题，在东方的英国人都承受着这种沉默。我当时甚至不知道大英帝国已濒于死亡，更不知道它比将要代替它的一些新帝国要好得多。我只知道我被夹在中间，我一边憎恨我所为之服务的帝国，但我又生那些存心不良的小鬼头的气，他们总是想方设法使我无法工作。我一方面认为英国统治是无法打破的暴政，一种长期压在被制服的人民身上的东西，另一方面我又认为世界上最大的乐事莫过于把刺刀捅入一个和尚的肚子。这样的感情是帝国主义正常的副产品；随便哪个英属印度的官员都会这么回答你，要是你能在他下班的时候问他。

有一天发生了一件事，很能间接地说明问题。这本是一件小事，但它使我比以前更清楚地看到了帝国主义的真正本质——暴虐的政府行为处事的真正动机。有一天清早，镇上另一头的一个派出所的副督察打电话给我，说是有一头象在市场上横冲直撞，问我能不能去处理一下。我不知道该怎么办，但是我想看一看究竟，就骑马出发了。我带上了步枪，那是一支老式的 0.44 口径温彻斯特步枪，要打死一头象，这枪太小了，不过我想枪声可能起恐吓作用。一路上有各种各样的缅甸人拦住我，告诉我那头象干了些什么。这当然不是一头野象，而是一头发春情的驯象。它本来是用铁链锁起来的，发春情的驯象都是如此，但在头一天晚上它挣脱锁链逃跑了。唯一能在发情期制服它的驯象人出来追赶，但奔错了方向，已到了要走十二小时的路程之外，而这头象在清早又突然出现在镇上。缅甸人平时没有武器，对它毫无办法。它已经踩平了一所竹屋，踩死了一头母牛，撞翻了几个水果摊，饱餐了一顿；它还碰上了市里的垃圾车，司机跳车逃跑，车子被它掀翻，乱踩一气。

缅甸副督察和几名印度警察在发现那头象的地方等我。这是个贫民区，在一个陡峭的山边，破烂的竹屋子挤在一起，屋顶铺的是棕榈叶。我记得那是个就要下雨的早晨，天空乌云密布，空气沉闷。我们开始询问大家，那头象到哪里去了，像平常一样，得不到确切的情报。在东方，情况总是这样；在远处的时候，事情听起来总是很清楚，可是你越走近出事的地点，事情就越模糊。有的人说，那头象朝那边去了，有的人又说是另一个方向，有的甚至说根本不知道有什么象逃跑的事。我几乎觉得整个事情可能都是谎话，这时忽然听到不远的地方有人在嚷嚷。我听到一声惊恐的喊叫："走开！孩子！马上给我走开！"这时我见到一个老妇人手中拿着一根树枝从一所竹屋的后面出来，使劲地赶着一群赤身裸体的孩童。后面跟着另外一些妇女，嘴上啧啧出声，表示惊恐；显然那里有什么东西不能让孩子们见到。我绕到竹屋的后边，看到一个男人的尸体躺在泥中。他是个印度人，一个黑皮肤的德拉维人苦力，身上几乎一丝不挂，死去没有几分钟。他们说那头象在屋子边上突然向他袭来，用鼻子把他捉住，一脚踩在他背上，把他压扁在地上。当时正好是雨季，地上泥土很软，他的脸在地上划出了一条槽，有一尺深，几尺长。他俯扑在地上，双手张开，脑袋扭向一边。他的脸上尽是泥，睁大双眼，龇牙咧嘴，一脸剧痛难熬的样子（可别对我说，凡是死者的脸上表情都是安详的。我所见到的尸体中，大多数是惨不忍睹的）。大象的巨足在他背上撕开皮，像人剥兔皮一样干净利落。我一见到尸体，就马上派人到附近一个朋友的家里去借一支打象的步枪来。我已经把我的马送走，免得它嗅到象的气味，受惊之下把我从它背上颠下来。

派去的人几分钟以后便带着一支步枪和五颗子弹回来，这中间又有几个缅甸人来到，告诉我们，那头象就在下面的稻田里，只有几百码远。我一起步走，几乎全区人人都出动了，他们从屋里出来跟着我。他们看到了步枪，都兴奋地叫喊说我要去打死那头象了。在那头象撞倒踩塌他们的竹屋时，他们对它并不表现出有多大的兴趣，可是如今它要给开枪打死了，情况忽然之间就不同了。他们觉得有点好玩，英国群众也会如此。此外，他们还想弄到象肉。这使我隐隐约约地感到有些不安。我并没有打算打死那头象——我派人去把那支枪取来只不过是在必要时进行自卫而已——而且有一大群人跟在你后面总是令你有些神经紧张。我大步下山，肩上扛着那支步枪，后面紧紧跟随着一群越来越多的人，看上去一定像个傻瓜，心中也感到自己成了一个傻瓜。到了山脚下，离开了那些竹屋子，有一条铺了碎石子的路，再过去，就是一片到处都是泥浆的稻田，有一千码宽，还没有犁过田，因为下过雨，田里水汪汪的，零零星星地长着一些杂草。那头象站在路边八码远的地方，左侧朝着我们。它一点也没有注意到群众的靠近。它把成捆的野草拔下来，在双膝上拍打，打干净了以后就送进嘴里。

我在碎石路上就停了步。我一见到那头象就完全有把握知道不应该打死它。把一头能做工的象打死是桩严重的事，这等于是捣毁一台昂贵的巨型机器，事情很明显，只要能够避免就要尽量避免。在那么一段距离之外，那头象安详地在嚼草，看上去像一头母牛一样没有危险。我当时想——我现在也这么想——它的发情大概已经过去了，因此它顶多就是漫无目的地在这一带闲逛，等驯象人回来逮住它。何况，我当初根本不想开枪打它。因此我决定从旁观察，看它不再撒野了，我就回去。

但是这时我回头看了一眼跟我来的人群。人越聚越多，至少已经有两千人了，把马路两头都远远地堵死了。我看着花花绿绿衣服上的一张张黄色的脸，这些脸上都为了这一点看热闹的乐趣而现出高兴和兴奋的神情，大家都认定这头象是必死无疑了。他们看着我，就像看着魔术师变戏法一样。他们并不喜欢我，但是由于我手中有那支神奇的枪，我就值得一观了。我突然明白了，我非得射杀那头大象不可。大家都这么期待着我，我非这么做不可；我可以感觉得到他们两千个人的意志在不可抗拒地把我推向前。就在这个当儿，就在我手中握着那支步枪站在那儿的时候，我第一次看到了白人在东方的统治的空虚和无用。我这个手中握枪的白人，站在没有任何武装的本地群众前面，表面看来似乎是一出戏的主角；但在实际上，我不过是身后这些黄脸的意志所推来推去的一个可笑的傀儡。我这时看到，一旦白人开始变成一个暴君，他就毁了自己的自由。他成了一个空虚的、装模作样的木头人，常见的白人老爷的角色。因为正是他的统治使得他一辈子要尽力锁住"土著"，因此在每一次紧急时刻，他非得做"土著"期望他做的事不可。他戴着面具，日子长了以后，他的脸按照面具长了起来，与面具吻合无间了。我非得射杀那头象不可，我在派人去取枪时就不可挽回地表示要这样做了。白人老爷的行为必须像个白人老爷；他必须表现出态度坚决，做事果断。手里握着枪，背后又有两千人跟着，到了这里又临阵胆怯，就此罢手，这可不行。大家都会笑话我，我整个一生，在东方的每一个白人的一生，都是长期奋斗的一生，是绝不能给人笑话的。

但是我又不愿意射杀那头大象。我瞧着它卷起一束草在膝头甩着，神情专注，像一个安详的老祖母。我觉得朝它开枪无疑是谋杀。按我当时的年龄，杀死个把兽类我是没有什么顾忌或不安的，但是我从来没有开枪打过大象，我也不想这么做（杀死巨兽总是使人觉得更不应该一些）。何况，还有象主人得考虑。这头活象至少可值一百镑，死了，只有象牙值钱，可能卖五镑。不过我得马上行动。我转身向几个原来已在那里的看起来颇有经验的缅甸人，问他们那头象老实不老实。他们说的都一样：如果你让它去，它不理你；如果你走得太近，它就向你冲来。

我该怎么办，看来很清楚。我应该走近一些，大约二十五码左右，去试试它的脾性。要是它冲过来，我就开枪；要是它不理我，那就让它去，等驯象人回来再说。但是我也知道，这事我恐怕办不到。我的枪法不好，田里的泥又湿又软，走一步就陷一脚。要是大象冲过来而我又没有射中，我的命运就像推土机下的一只蛤蟆。不过即使在这时候，我想的也并不完全是自己的性命，而是身后那些看热闹的黄脸。因为在那时候，有这么多人瞧着我，我不能像只有我自己一个人那样害怕。在"土著"面前，白人不能害怕；因此，一般来说，他是不会害怕的。我心中唯一的想法是，要是出了差错，那两千个缅甸人就会看到我被大象追逐、逮住、踩成肉酱，就像山上那个龇牙咧嘴的印度人尸体一样。要是发生这样的事情，他们中间有些人很可能会笑话我。我不能让他们笑话我。只有一个办法。我把子弹上了膛，趴在地上好瞄准。

人群十分寂静，许许多多人的喉咙里叹出了一口低沉、高兴的气，好像看戏的观众看到帷幕终于拉开时一样，终于等到有好戏可瞧了。那支漂亮的德国步枪上有十字瞄准线。我当时根本不知道，要射杀一头象得瞄准双耳的耳孔之间的一条假想线，开枪把它切断。因此，如今这头象侧着身子对我，我就应该瞄准直射它的一只耳孔就行了；但在实际上，我却把枪头瞄准在耳孔前面的几英寸处，以为象脑在这前面。

我扣扳机时，没有听到枪声，也没有感到后坐力——开枪中的时候你总是不会感到的——但是我听到了群众顿时爆发出高兴的欢叫声。就在这个当儿——真是太快了，你会觉得子弹怎么会这么快就飞到了那里——那头象一下子变了样，神秘而又可怕地变了样。它没有动，也没有倒下，但是它的身上的每一根线条都变了。它一下子变老了，全身萎缩，好像那颗子弹的可怕威力没有把它打得躺下，却使它僵死在那里了。经过很长时候，我估计大约有五秒钟，它终于四腿发软跪了下来。它的嘴巴淌口水。全身出现了老态龙钟的样子。你觉得它仿佛已有好几千岁了。我朝原来的地方又开了一枪。它中了第二枪后还不肯瘫倒，虽然很迟缓，它还是努力要站起来，勉强地站着，四腿发软，脑袋耷拉。我开了第三枪。这一枪终于结果了它。你可以看到这一枪的痛苦使它全身一震，把它四条腿剩下的一点点力气都打掉了。但它在倒下的时候还好像要站起来，因为它两条后腿瘫在它身下时，它仿佛像一块巨石倒下时一样，上

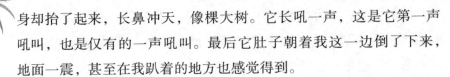

身却抬了起来，长鼻冲天，像棵大树。它长吼一声，这是它第一声吼叫，也是仅有的一声吼叫。最后它肚子朝着我这一边倒了下来，地面一震，甚至在我趴着的地方也感觉得到。

我站了起来。那些缅甸人早已抢在前面跑到田里去了。显然那头象再也站不起来了，但它还没有死，它还在有节奏地喘着气，喉咙呼噜呼噜地出声，它的半边身子痛苦地一起一伏。它的嘴巴张得大大的，我可以一直看到粉红色喉咙的深处。我等它死去，等了很久，但它的呼吸并不减弱。最后我把剩下的两颗子弹射到我估计是它心脏的位置。浓血喷涌而出，好像红色的天鹅绒一般，可是它还不肯死。它中枪时身子并不震动，痛苦的喘息仍继续不断。它在慢慢地、极其痛苦地死去，但是它已到了一个远离我的世界，子弹已经不能再伤害它了。我觉得我应该结束那讨厌的喘息声。看着那头巨兽躺在那里，没法动弹，又没法死掉，又不能把它马上结果掉，很不是滋味。我又派人去把我的小口径步枪取来，朝它的心脏和喉咙里开了一枪又一枪。但似乎一点影响也没有。痛苦的喘息声继续不断，就像钟声滴答一样。

我终于再也无法忍受了，就离开了那里。后来听说它过了半小时才死掉。缅甸人还没有等我走开就提着桶和篮子来了，据说到了下午他们已把它剥得只剩骨骼了。

后来，关于射杀那头象的事，当然议论不断。象主人很生气，但他是个印度人，一点也没有办法。何况，从法律的观点来说，我做的并不错，因为如果主人无法控制的话，发狂的象是必须打死的，就像疯狗一样。至于在欧洲人中间，意见就不一了。年纪大的人说我做得对，年纪轻的人说为了踩死一个苦力而开枪打死一头象太不像话了，因为象比科林吉苦力值钱。我事后心中暗喜，那个苦力死得好，使我可以名正言顺地射死那头象，在法律上处于正确地位。我常常在想，别人知不知道我射死那头象只是为了不想在大家面前显得像个傻瓜而已。

作者简介 ◆

威廉·赫尔·怀特

（1829~1913）

英国作家，主要作品有《马克·罗塞福自传》、《制革工人小巷里的革命》、《米丽娅姆的教育》等。

大旱的消失

三个月来几乎并没有落一滴雨。大概总是西北风，从那边来，向东边吹去。偶有微风来自西南，云气也浮起来了，但终于没有雨；并且没有真的西南风，不数小时，报风计依旧在原方向了。云是未尝不时聚集，并且有着各种表号，以表示变化的在即。在这等的时候，风雨表日复一日地渐渐下降，终于降到普通将起暴风雨的一点，然而没有大风雨，风雨表又升上去了。我们知道希望已经无益，风雨表回到原来的高须经一个礼拜，方有下降的机会，最后，失望待这般强，将这仪器拿开了。还是不去看它的好，希望无意中会降下来。青草已经变成黄色，生在许多地方都死到根株。因为没有草，成对的蝎便蚕食果树了。溪水也干涸了，给牛饮的水须向几里外的池或泉里去吸来。道路开裂；空气中则浮着沙尘；藩篱上的美丽的绿色上也填罩了尘土。食蠕虫的鸟如白嘴鸭已经受饿，并且被迫得远远地去找寻奇特的食物了，看见它们在地上试啄坚如岩石的泥土是很可怜的。永续的光辉比冬天的阴沉还要坏，在田野的人家普遍的焦渴的感觉这样的苦恼。我们遇到旱荒了！为一切生命的泉涌的大西洋是睡着，倘使永不醒来则如何？我们不懂它的道理，它嘲笑我们的科学了。盖在我们的近旁就存着这个不可思议的大神秘，

我们却赖此而生存的。为什么柔软的湿气之甜潮会不流到我们这里来的呢？也没有理由可说，为什么各种青草和生物不死灭；没有理由，除了一个信仰，这是瞎的。因为我们无所知，滋生生命的海的气流会得放弃陆地，而它会得变成沙漠的。

　　一天夜里，灰色的云带出现于西面的天空，而它们欺骗我们太多了，不再能够相信它们了。可是在这天夜里它们更浓厚，窗索也泛着潮。从岩壁来的空气是冷的，如果我们敢希望，我们会得说含有海的气味在里面了。早晨的四点钟就有什么声音拍打在窗上，原来是水的流湍！不能再静静地睡着，我于是起身出门了。没有生物扰攘，也没有声息，除却雨的声音。但是忙乱的时间不会有许多长久的时光的。数千百万的草和谷的叶在狂饮。十六小时的倾泻继续着，到天薄暮时我又出门去。看见道旁的流水处只有少许的水，并没有一滴到田边，原来土地是这样的渴。谢上帝，旱是完了！

作者简介 ◆

丹尼尔·笛福

（1661～1731）

英国作家，其代表作有《鲁滨孙漂流记》等。

论妇女教育

　　我常想，以我们这样一个文明昌盛的基督之国而竟拒不给妇女以求知的机会，实为世界上最野蛮的陋俗之一。我们日日叱责此辈为愚蠢为无礼，而殊不知，设若妇女享有与我们同等的教育，她们的愚蠢和无礼或许将不如我们之甚。

　　确实，我很想清楚，妇女是否也有变得适合社会交往的一天，须知她们的全部知识实仅凭其一点天生的聪明。她们的青春全部消磨在学习针黹缝补与制作无聊琐细的什物上面。的确她们也学着认几个字，或能写出自己的名字，但是这便是妇女的全部教育。因而对于那种惯好轻视妇女无知的人，我不免要向他提出这样的问题，设使一个人（这里指上流人）的教育也同样便就此为止，不再前进，那么他将何足观？这里无须多加举例，也无须对某一人士的家世财产以及本人才具多加检阅，便不难看出，一个人离了教育，很难有所作为。

　　人的灵魂之寓于肉体，有类璞玉浑金，必先加以雕琢，然后可以见光芒。十分明显，正如理性之使我们有别于野蛮，故教育将使这一区分更其判然，因而使一些人不致如另一些人那般粗鲁。这事显而易见，本无待于证明。既然如此，则妇女受教育之权利又何以遭到剥夺？如若说知识与理解对此异性乃为无用之赘物，全能之上帝即不会授彼以这类的能力；因上帝不造无用之物。再者，对于那些以为无知即为妇女之美饰的人，我很想问问他们，他们究竟何所取于无知而遽云然？一个聪明的妇女较之一个蠢汉究竟更如到什么地步？妇女究竟有何短处，致使之丧失其受教育之权？难道她们曾以其傲慢无礼而肆虐为害我们？那么我们又为什么不准她们学习，以便使她们变得更加聪明？我们难道应该责备妇女为愚蠢吗，如其妇女缺乏智慧的原因纯系由于我们不近情的谬误习俗所造成？

妇女的智能或许更超过于男人，其感觉也更敏锐；她们经过培养所可能造就的前途之大，从下面所举的俏皮话中也完全能够说明（这点在我们的这个时代中颇不乏其例），这即是，她们便曾责备我们不公，仿佛我们之不使她们接受教育乃是惧怕她们在成就上敌过我们……

对于妇女所进行的教育，应考虑适合其性情与特点。尤其应当教授她们音乐与舞蹈；她们天生擅长于歌舞，现拒她们于这些之外，实为对异性之残酷。但除此还应教授她们各种语言，尤其法语与意语，这里我对使妇女之语言超过一种以上即将有害的说法不能不表示怀疑。语言艺术与谈吐辞令尤应成为她们的专习科目，而在这一点上我们一般教育中的缺陷之大已毋庸赘述。我们还应教会她们读书，特别是教其读史，并循循然善诱之，使其通晓世务，遇事能正确理解判断。

对其中天资特异的人，则各类学问也都无不可令其学习；然而一般说来，主要仍在培养其解事能力，以使之有多方周旋应对之才；这样，她们的才识既有长进，其谈吐于风雅之外，还将言之有物。

以我的观察，妇女彼此之间有无区别，端在她们所受教育的良好与否。禀性脾气一事确实在一定程度上对她们不无影响，但造成区别的根本原因则在教育。

整个妇女一般来说都较为聪明敏捷——我认为，作为一般提法，这话并不为过；儿童时期她们便已不像不少男孩子那么迟滞笨拙。妇女如果受到良好教育，并能学会善用其天赋才智，事实表明她们一般总是比较懂事周到。

而且，持平而论，一位解事识礼的女人实在是上帝的创造物中最为精致和优美的尤物，是她的创造者的荣耀，是他对他的宠儿人类稀有的眷顾的一大例证，而对此宠儿，上帝曾赐予了神所能赐予人所能受的至高赏赐。故设令此异性因受不到教育而致使其心灵之美不得增添其应有之光辉，实为世上最愚蠢的举动与忘恩负义的行为。

而一位识书知礼的女人，再益之以由知识与品德而得来的深厚素养，实在是一件难以比较的稀世珍奇。与她交往简直是人间至乐的象征，她的仪态有如天使，她的谈吐仿佛仙乐。她一身而兼备着温柔、甜美、和睦、爱情、智慧与喜悦等全部美德。她处处符合于世间最美好的仰慕；一个人如有幸与她结识，则色授魂与，自将是享不尽的艳福，道不完的感激。

但另一方面，设使这同一女人被剥夺其受教育的机会，其结果则为：假如她的性情和善，缺乏教育会使她变得怯懦软弱。

她的聪明，由于缺乏引导，会使得她不讲礼貌，多嘴唠叨。

她的认识，由于缺乏识见经验，会使得她不切实际，怪诞虚妄。

假如她的性情并非和善，缺乏教养会使她变得更加恶劣，愈加傲慢不驯，喜欢吵闹。

假如她性情激烈，不懂礼貌会使她成为泼妇悍妇，与疯子没有两样。

假如她天性骄傲，缺乏谨慎会使得她自负、荒谬而可笑。

甚至还不止此，她还会进而变得狂暴、喧嚣、好吵、恶毒、简直魔鬼一般！

造成世上男人与女人之间的这个重大不同，主要在其文化教育；这一节我们只消取任何一个男女与另外一个稍加比较，便极明显。

是故我方敢于此冒昧提出，当今世界对于妇女的做法乃是完全错误的。试想全能上帝所曾创制的这一妙物乃是何等娇美，何等神奇，而且又赋之以如许之风韵，其存在，于世人是何等的欣幸与快慰，其灵性，则男人之所能精娴者彼又何所不能；然而终不免徒以家人、厨司与奴仆之卑微而了却其一生，此事想来也属令人不可理解。

当然我这里决非要提倡妇人政治，但我却赞成把妇女当作友伴对待，并使之具备这种条件。一个聪明解事的女人决不愿插手男人的职司，正如通达的男人之不愿欺压妇道人家。但设若妇女之头脑已因教育而有所提高长进，则"妇女之软弱"一语亦必从此而失掉其意义。彼时如再提"妇女之软弱"，则将如说"判断之软弱"那样，必成为荒唐言，因为那时女人并不比男人更愚蠢无知。

我想起我亲自从一位贵妇人口中听到的一段话。这个人的聪明能力颇不缺乏，体态容貌也极动人，并广有家资，但却被终身紧闭家中；另外为防他人觊觎非分地希望或企图得到，竟连普通的家政常识也不准她学。日后遇到交际场合，由于深感自己教育的缺乏，她竟对她自己作过如下一段评语："我甚至连对我的女佣人也往往不敢开口"，她说，"因为我断不清她们的是非曲直。我需要的不是出嫁，而是教育。"

关于教育不足所可能带给异性之损失，以及相反做法所可能产生的益处等等，这里已无更多发挥论证之必要。此事承认尚易，但改变则实难。本篇于此事亦仅稍发其端而已，异日改革，当俟来哲。

作者简介 ❖

伊凡·阿历克谢耶维奇·蒲宁

（1870～1953）

俄国作家，主要作品有短篇小说《从旧金山来的先生》、《四海之类皆兄弟》和短篇小说《乡村》等。一九三三年获诺贝尔文学奖。

秋

一

客厅里一瞬间安静了下来，她乘机站起身，同时朝我瞟了一眼。

"噢，我该告辞了，"她轻轻叹了口气说，我的心顿时为之一颤，我预感到某种巨大的欢乐已在等待我，我和她终将成就那桩秘事。

整个晚上，我寸步不离地守在她的左右；整个晚上，我都在她双眸中捕捉隐秘的闪光、心不在焉的神情，以及虽然只是隐隐约约流露出来，却比以前更强烈的温情。此刻她在讲"我该告辞了"的时候，那语气像是表示遗憾，可我却听出了弦外之音：她料定我会随她一起走。

"您也走吗？"她问道，可口气却几乎是肯定的。"这么说，您可以送我回去啰？"她随口加补说，可是已经有点情不自禁，竟回过头来朝我嫣然一笑。

她的身姿绰约、柔美，她的手以一种轻盈而娴熟的动作提起黑色的长裙。她刚才那个微笑，她的如花初放的优美的脸，她的乌黑的明眸和秀发，甚至她颈项上那条细巧的珍珠项链，以及那对钻石耳坠的闪光，都流露出一个初次坠入情网的少女的羞涩。当人们纷纷请她转达对她丈夫的问候，以及后来在走廊上替她穿大衣的时候，

当玫瑰开花的时候

我一直提心吊胆，唯恐有什么人要和我们同行。

但我过虑了，没有人来干扰我们。我们走到门口，门打了开来，一道灯光迅即投到黑洞洞的院子里，随即门又轻轻关上。我激动得浑身打战，但我竭力加以克制，只觉得遍体上下飘飘然的，我挽住她的手臂，殷勤备至地扶她步下台阶。

"您看得见吗？"她一边注视着脚下，一边问道。

她的声音里又一次透露出那种给我以鼓励的柔情蜜意。

我踩着水洼和满地的落叶，挽扶着她摸黑穿过院子，两旁是光秃秃的相思树和盐肤树，它们好似海轮上的缆索，被十一月的南方之夜的湿润的劲风，吹得发出呜呜的喧声。

在栅栏形的院门外，停着一辆马车，车灯燃得亮亮的。我瞥了一眼她的脸。她没有回看我，伸出一双纤小的、由于戴着手套而显得狭长的手，抓住院门的铁杆，没等我上去帮她，就把门朝里拉开了一半，快步走到马车跟前，坐了进去，我也同样迅速地上车，在她身旁坐了下来……

二

我俩很久说不出一句话。近一个月来，我们魂牵梦萦的那件事，现在已无须用语言表达，我们之所以一声不吭，只不过是因为这事已不言而喻，说出来反倒显得突兀、生疏了。我把她的一只手按到我唇上，顿时激动得难以自持，便赶紧掉过头去，目不转睛地遥望着朝我们迎面奔来的街道昏暗的尽头。我对她还存有戒心，而她呢，在我问她冷不冷的时候，只是翕动着嘴唇，乏乏地笑了笑，没有力气回答，于是我明白了，她也对我存在戒心，我握住了她的手，她感激地紧紧回握着。

南风把街心花园中的树木吹得萧瑟作响，把十字路口疏疏落落几盏煤气灯的火焰吹得摇曳不定，把早已打烊的商店门上的招牌吹得叽叽嘎嘎闹个不停。偶尔可以看到一个路人猫着腰向某家小酒店走去。在小酒店那盏摇摇晃晃的大门灯的灯光下，路人和他那飘忽不定的影子变得越来越大，但转眼间路灯就落在我们后面去了，于是街上又空无一人，只有湿润的风柔和地、不停地吹拂着我们的脸。泥水在车轮下四散迸溅，她似乎在饶有兴味地观赏着这些水珠。我不时朝她垂下的睫毛和帽子下边那垂倒着的头部的侧影瞥去，感觉到她整个人正紧紧地依傍着我，以致都可以闻到她发丝上的幽香。这时，岂但这幽香，连围在她颈项上的那张光滑柔软的貂皮也使我心荡神驰……

后来，我们的马车拐到了一条空无一人的宽阔的马路上，这条马路似乎长得没有尽头，两旁林立着犹太人开的古老的店铺和菜场，可突然，马路在我们身下中断了。马车朝另一条街拐去，冷不防颠晃了一下，她的身子朝前一冲，我连忙把她抱住。有好一会儿，她直视着前方，后来，朝我掉过了头来。我们脸对着脸，原先她双眸中的畏惧和犹疑已荡然无存，只有她那神情紧张的微笑透露出一丝羞涩。此情此景，使我忘乎所以，我把嘴紧紧地贴到了她的双唇上……

三

道旁架电报线的高耸的电线木杆接二连三地在夜色中闪过，最后连电线木杆也消失了，它们在半路上拐到一边，就此不见影踪。城里的天空虽说是黑沉沉的，但在那里毕竟还是可以把天空和灯光昏暗的街道区别开来，可是在这里，天地已浑然连成一体，周遭无处不是萧瑟的秋风和茫茫的黑暗。我回头望去，城市的灯火也消失了，仿佛沉入了漆黑的海洋之中，而在前方，闪烁着一星昏黄如豆的灯火，显得那么孤独，那么遥远，似乎是在天涯之外。其实这是摩尔达维亚人在大路旁开了多年的一家酒店的灯光。劲风打大路那边刮来，在干枯了的玉米秆中乱窜，慌慌张张地发出簌簌的声响。

"我们这是在哪儿？"她问道，尽力使声音抖得不要太厉害。

然而她的眼睛却灼灼放光。我俯下身去望着她，尽管夜色正浓，却能清楚地看到她的眼睛，看到她古怪而同时又是深感幸福的眼神。

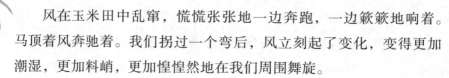

风在玉米田中乱窜，慌慌张张地一边奔跑，一边簌簌地响着。马顶着风奔驰着。我们拐过一个弯后，风立刻起了变化，变得更加潮湿，更加料峭，更加惶惶然地在我们周围舞旋。

我深深地吸了一口风，一心巴望这天夜里一切黑暗、盲目、不可理解的东西变得更加不可理解，更加大胆。在城里时，觉得这天夜晚不过是个平平常常的阴霾起风的夜罢了，可是到了旷野里，却发现全然不是这么回事。在这儿沉沉的夜色中和呼呼的劲风中，存在着某种拥有巨大威力的庄严的东西。果然，我们终于透过荒草簌簌的声响，听到了一种稳重、单调、雄壮的喧声。

"是海？"她问。

"是海，"我说。"这儿已经是最后几幢别墅了。"

此刻我们已经习惯于微微泛白的夜色，看到在我们左边有几座别墅的花园，迤逦而行，直抵海边，园中耸立着一排排高大，阴郁的白杨。辚辚的车轮声和马蹄踩在泥浆里的嚼嚼声被花园的围墙挡了回来，于刹那间显得分外清晰，但是转眼就被迎面奔来的白杨林中的风声和海浪声淹没了。车旁掠过几幢门窗钉死的房子，在夜色中泛出朦朦胧胧的惨白的颜色，活像是一幢幢死屋……后来，白杨林渐渐稀疏，突然，从白杨林的空隙中袭来一股股潮气——这是从辽阔的海上吹到陆地上来的风，看来，这就是海洋清新的呼吸。

马车停了。

就在这一瞬间，传来了平稳、庄重而又幽怨的涛声，从中可以感到海水沉重的分量。别墅的花园虽已沉入梦乡，但睡得并不安稳，树木在其中纷乱地喧闹着，而且越闹越凶。我俩踏着落叶和水洼，沿着一条林阴陡坡，快步登上了峭壁。

四

大海在峭壁下隆隆轰鸣，压倒了这个骚动不安、睡意蒙眬的夜的一切喧声。寥廓的、茫无涯际的大海卧在峭壁下面很深的地方，透过夜暗，可以看到远远有一线白乎乎的浪花朝陆地涌来。围墙后边的花园像个阴森森的孤岛，鹄立在陡峭的海岸上，满园的老杨树纷扰地喧闹着，令人毛骨悚然。显而易见，暮秋的深夜此刻正主宰着这片荒无人烟的地方，无论是古老的大花园，无论是过冬时门窗钉死的别墅，还是围墙四角无门无窗的凉亭，都给人以触目惊心的荒芜之感。唯独大海以无坚不摧的胜利者的气派，从容不迫地隆隆轰鸣着，使人觉得它蕴藏着无穷的创造力，因此显得越来越庄严、雄伟。我俩久久地伫立在峭壁上，湿润的风吹拂着我们的脚，我们尽情地呼吸着随风拂来的清新的空气，怎么也不知餍足。后来，我们顺着又潮又滑的泥径和残存的木梯，走下悬崖，朝闪烁着浪花的海边走去。刚走到砾石地上，一个浪头就朝岩石打来，水珠四散迸溅，我们赶紧躲到一边。黑压压的白杨高高地挺立着，呼呼地喧嚣着，而在它们脚下，大海贪婪、疯狂地拍打着海岸，仿佛在和白杨呼应。高高的海浪朝我们扑来，响得犹如开炮一样地倾泻到岸上，水流旋转着，形成一道道亮闪闪的瀑布，迸溅出像雪一般洁白的水花，同时冲击着沙子和岩石，然后退回海里，卷走了绞成一团团的水草、淤泥和砾石；随波而去的砾石一路上发出"咔嚓"、"咔嚓"的声响。空气中弥漫着凉丝丝的细小的水珠，周遭的一切散发出大海那种不受羁绊的清新的气息。黑沉沉的空中吐出了鱼肚白，渐渐地已能看清远方的海面。

"只有我俩！"她说道，阖上了跟帘。

五

只有我俩，我吻着她的双唇，陶醉于她嘴唇的温柔和湿润，吻着她阖上眼帘、笑盈盈地伸过来的双眸，吻着她被海风吹得凉丝丝的脸，当她在一块石头上坐下来时，我跪倒在她面前，欢乐得浑身瘫软。

"那么明天呢？"她在我头上说。

我昂起头，仰望着她的脸。在我身后，大海在饥渴地咆哮，在我俩头上，高高的白杨在喧闹……

"什么明天?"我反问她说,不可抑制的幸福使我热泪盈眶,连声音都发抖了。"什么明天?"

她久久地沉默着,没有回答我的问话,后来把一只手伸给我。我脱去她的手套,连连吻着她的手,吻着她的手套,嗅着那上边女性隐隐的幽香。

"是呀!"她慢吞吞地叹息说。我凑近她的脸,借着星光看到她的脸苍白而幸福。"我还是姑娘的时候,无尽地遐想着幸福但结果一切是那样的无聊和庸俗,以致今天这个晚上,这也许是我一生中唯一幸福的夜晚了,在我看来,不像是真实的,不像是有罪的。明天我只消一想起这个夜晚就将心惊肉跳,不过此刻我已把一切置之度外……我爱你。"她温存地、悄声地沉思着说,像是在自言自语。

在我们头上的一朵朵乌云间,忽明忽灭地闪烁着几颗淡蓝色的星星,天空在渐渐廓清,峭壁上的白杨益发显得黑了,而大海却越来越清楚地和远方的地平线分了开来。她是否胜过我过去曾经爱过的那些女子,我说不上,但至少在今晚她是无与伦比的。当我亲吻她膝上的裙子时,她含着泪水,吃吃地笑着,搂住了我的头。我怀着疯狂的喜悦望着她,在淡淡的星光下,她那苍白、幸福、慵倦的脸,在我看来是永生的。

 深 夜

这是一个梦呢,还是像梦境似的神秘的夜间生活?我感觉到忧郁的秋月老早就在天空徘徊,已经是该摆脱白天的一切虚伪和忙乱而休息的时刻了。似乎整个巴黎,包括它最贫困的角落,都已沉入了睡乡。我睡了很久,最后,睡眠慢慢地离开了我,仿佛一个不慌不忙的关切的大夫做完自己的手术,看到病人已能均匀地呼吸,睁

开眼睛，为生命得到恢复而羞怯地、愉快地微微一笑，就离开了病人。我醒来，睁开眼睛，看到自己处身在宁静、明亮的夜的王国。

我在五层楼自己的房间里，沿着地毯悄没声儿地走到窗口。我有时看看光线微弱的宽大的房间，有时通过窗子上边的玻璃看看月亮。月亮把光线洒在我身上，我举目仰望，久久地看着它的脸庞。月光穿过淡白色的花边窗帘，给房间深处添加了一丝微光。在房间里边是看不见月亮的。可是房间的所有四扇窗子都被月光映得铮亮，窗边的一切东西也同样照得清清楚楚。月光穿过窗子照在地上，形成几个浅蓝色、银白色的拱形图案，每一个图案中都有一个由朦胧的阴影构成的十字架，但图案投在圈椅和椅子上，这十字架就柔和地折断了。靠边的一扇窗子旁边的圈椅里，坐着我所爱的人，她穿着一身白色衣服，模样像一个小姑娘，面色苍白而美丽，由于我们所经受的一切事情，由予经常使我们反目成仇的一切事情，她已经疲惫不堪了。

这一夜她为什么也不睡呢？

我避免接触她的目光，坐在同她并排的窗台上……是的，夜已深了，对面房屋的整个五层楼墙壁全被阴影笼罩着。那里的窗子露出一个个黑洞，像是失明的眼睛。我朝下看看，街道像是深深的、狭窄的小巷，光线也很昏暗，空无人迹。整个城市也是如此。只有那朦胧的月亮，斜挂在天空，慢慢地移动，有时又久久地躲藏在烟雾般飘动的云朵里，一动不动，只有它孤单单的、清醒地守在城市上空。它直照着我的眼睛，光艳夺目可是有点儿亏蚀，因此显得楚楚可怜。薄云轻烟似的在它旁边飘动。在月亮旁边，云也显得很亮，像融化了似的，稍远一点，就变得浓厚了，而在屋脊后面，就完全积成明森的、沉甸甸的一堆了……

我很久没看见月夜的景色了！我的思潮又回到童年时代，在中俄罗斯丘陵起伏、树木稀少的草原上的，迢遥的、几乎遗忘了的秋夜。那里，月亮在我故家的屋檐下窥视着，那里，我第一次认识并

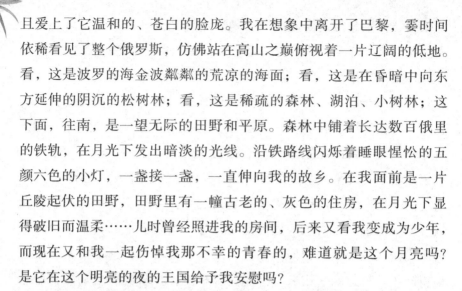

且爱上了它温和的、苍白的脸庞。我在想象中离开了巴黎，霎时间依稀看见了整个俄罗斯，仿佛站在高山之巅俯视着一片辽阔的低地。看，这是波罗的海金波粼粼的荒凉的海面；看，这是在昏暗中向东方延伸的阴沉的松树林；看，这是稀疏的森林、湖泊、小树林；这下面，往南，是一望无际的田野和平原。森林中铺着长达数百俄里的铁轨，在月光下发出暗淡的光线。沿铁路线闪烁着睡眼惺忪的五颜六色的小灯，一盏接一盏，一直伸向我的故乡。在我面前是一片丘陵起伏的田野，田野里有一幢古老的、灰色的住房，在月光下显得破旧而温柔……儿时曾经照进我的房间，后来又看我变成为少年，而现在又和我一起伤悼我那不幸的青春的，难道就是这个月亮吗？是它在这个明亮的夜的王国给予我安慰吗？

"你干嘛不睡觉？"我听到一个胆怯的声音。

经过长久的、固执的沉默之后，她首先同我讲话，使我心中感到既痛苦，又甜蜜。我低声回答："不知道……你呢？"

我们又长时间地沉默着。月亮明显地往屋据那边落下去了，月光已经深深地照进我的房间。

"原谅我吧！"我走近她身边说。

她没有回答，用双手捂住了眼睛。

我握住她的手，把它从眼睛上挪开。她的脸颊上挂着泪水，眉毛举得高高的，抖动着，像是孩子的眉毛。我跪在她脚下，把脸紧贴在她身上，任凭自己的眼泪和她的眼泪不停地淌下来。

"难道这是你的过错吗？"她不好意思地低声说，"难道这不全是我的过错吗？"

她破涕而笑，又快乐又痛苦地笑着。

我对她说，我们两人都有过错，因为我们两人都破坏了在世界上愉快地生活所必须遵循的准则。我们又相爱着，像那些一起经受过痛苦、一起感到过迷惘，而后来又一起找到难能可贵的真理的人们一样地相爱着。只有这苍白的、忧郁的月亮看到我们的幸福。

作者简介 ◆

屠格涅夫

（1818～1883）

俄国作家，代表作有《父与子》、《猎人笔记》等。

乡 村

六月的最后一天，周围方圆一千俄里的俄罗斯啊——这是我的故乡。

整个的天空全被一片均匀的天蓝色所掩盖了；在它的上面只有一朵小云——不知它是在飘浮呢，还是在消散。没有风，天气和暖……空气呢——就像刚挤出来的牛奶一样新鲜！

云雀在发出银铃似的颤鸣；凸着胸脯的鸽子在咕咕地叫；燕子在静悄悄地来回飞掠；马匹在嘶着响鼻和嚼着草；狗没有吠叫，温驯地站在那儿摇晃着它们的尾巴。

空气里散发着某种烟的和青草的气味——还有少许松焦油和少许皮革的气味。——大麻花已经在盛开啦，正放出它的浓烈的但是好闻的香气。

一条深深的但是稍微倾斜的沟谷。在它的两旁，长着好几行大棵头的、树干朝下龟裂开的爆竹柳。一条小溪沿着沟谷滚流着；在它的水底的小石子，仿佛透过清澈的涟漪在颤动着。在远处，在大地和天空尽头的边缘上，是一条闪着天蓝色光亮的大河流。

沿着沟谷——一边是些整洁的小粮仓和门户紧闭着的小储藏室；在另一边是五六间有木板屋顶的松木小屋。在每一个屋顶上都竖着

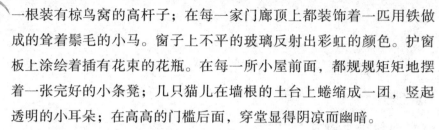

一根装有椋鸟窝的高杆子；在每一家门廊顶上都装饰着一匹用铁做成的耸着鬃毛的小马。窗子上不平的玻璃反射出彩虹的颜色。护窗板上涂绘着插有花束的花瓶。在每一所小屋前面，都规规矩矩地摆着一张完好的小条凳；几只猫儿在墙根的土台上蜷缩成一团，竖起透明的小耳朵；在高高的门槛后面，穿堂显得阴凉而幽暗。

我躺在沟谷边缘铺开的一件马衣上；四周围是刚刚才割下来的一堆堆使人感到困倦的芳香干草。机灵的主人把干草摊放在小屋前面：让它们在太阳照晒得特别温暖的地方稍稍晾干一些；然后再从那儿送进草料棚！躺在上面睡一觉，该是多么舒畅啊！

孩子们卷发的小脑袋从每一个草堆里钻出来；长着凤冠的母鸡在干草堆里寻找小昆虫和小甲虫；一头白嘴唇的小狗在乱草堆里打着滚。

长着淡褐色头发的年轻小伙子们，穿着干净的低低系着腰带的衬衫，登着镶边的沉重的长靴，胸膛倚靠在一辆卸了马的大车上，彼此用敏捷的话语在相互讥笑着。

一个圆脸孔的年轻女人从窗口向外张望；不知她是因为年轻小伙子们谈的话呢，还是因为在乱草堆里孩子们的顽皮胡闹而在发笑。

另一个年轻女人用有力的双手，把一个湿漉漉的大吊桶从水井里拉了上来……吊桶在绳索上颤抖和摇晃着，掉出了长长的闪着火光似的水滴。

站在我前面的，是一个围着新的家织方格布裙和穿着一双新的暖鞋的年老的女主人。

一大串空心的项珠在她的黝黑的干瘦的脖子上围绕三圈；花白的头上扎着一块有红色斑点的黄头巾；它一直低压到她已经失去神采的两只眼睛上。

但是那双老年人的眼睛和蔼可亲地在微笑着；她整个满是皱纹的脸也微笑起来。看来，这个老太婆大概已经活到七十岁啦……就是现在还可以看得出：她当年曾经是个美人！

世界散文精品集丛书

她张开右手被晒黑了的手指，径直从地窖里取出一罐冰凉的飘浮着奶油的牛奶；罐子外面蒙着许多水珠，就像玻璃珠似的。这个老太婆用左手掌递给我一大块还是温暖的面包。——"吃吧，"她说道，"外来的客人，为了你的健康！"

　　一只雄鸡突然啼叫起来，忙碌地拍着它的翅膀；一头被关着的小牛犊，应和着它的声音不慌不忙地哞哞地叫着。

　　"哎，是多么好的燕麦啊！"听见了我的马车夫说话的声音。

　　哦，俄罗斯的自由自在的乡村的富足、安宁和丰饶啊！哦，平静和美好啊！

　　于是我心里想道：在沙尔格勒圣索菲亚大教堂圆顶上的十字架，还有我们城市里的人们所努力追求的那一切，它们对我又算得什么呢？

当玫瑰开花的时候

作者简介 ❖

格哈特·霍普特曼

（1862～1946）

德国剧作家和小说家。其代表作有《日出之前》、《织工》等。一九一二年获诺贝尔文学奖。

上学的第一天

随着岁月的流逝，上学第一天的阴影变得越来越浓厚。那是圣诞节后的一天，我母亲对我说："等春天来了，你就该上学了。这是必须迈出的严肃的一步。你得学会老老实实坐在那儿。总之你必须学习，学习，因为不然的话你就只能成为一个废物。

"因此你必须得上学！必须！"

自从向我宣布了这件事，我大为震惊。我应该成为一个什么样的人，难道我不已经是个这样的人？对此我真不理解。我的过去可跟我完全是一回事呀，就永远这样生存，活下去，是我过去唯一的、也几乎是本能的愿望，我就安于此。自由，太平，欢乐，独立自主：为什么人就应该想成为另一个样子？父母的各种管教都没打破这种状态。难道他们想要夺去我的这种生活，而代之以"应该"和"必须"吗？难道他们想要我违反一个尽善尽美的、完全适合我的生存形式吗？

我简直弄不懂这件事。

用别的方式而不是按照我所常用的有意无意的方法去学习，我既不感兴趣、又不实用，我过去可完全是精力充沛的、生气勃勃的。我掌握市井上的土话，就如我掌握父母所说的标准德语一样。直到今天我才知道，这当中有着多么了不起的智慧的成果，它是无法估量的，一个孩子更难看到这点。在玩耍中，在没有意识到已经学过什么的时候，我就在使用一部包罗万象的词典中的所有语汇概念，以及与此有关想象世界中的一切语汇与概念。

不进学校我是不是也许真的能成长得更快、更好和更充实呢？

但是最糟糕的也许是我所感受到的灵魂上的痛楚。我父母一定知道他们给我带来了什么。我曾经相信他们那无限的爱，而现在他们把我交到一个陌生的、令我恐惧的地方去。这难道不是像把我驱逐一样吗？他们承认他们有责任把我——一个只能在自由自在的氛围里，在自由的行动中才能生存的人——关在一个房间里，他们承认他们有责任把我交给一个凶老头儿，已经有人跟我讲起这老头儿，并且说以后有我受的：他用手打孩子的脸，用棍子打手心，以致留下红红的印记，或者是扒下裤子打屁股！

上学的第一天临近了。第一次上学的路，我已记不得是拉着谁的手，我是怀着又害怕又畏缩的心情走过这段路的。当时我觉得那是一条长得无尽头的路，当我半个世纪后去寻访那古老的校舍，只是由于它从古老的"普鲁士皇冠"的窗口一眼就可望及的缘故却反而没找到它时，我确实感到很惊讶。

途中我曾几度绝望，送我上学的女人说了许多好话，当她在学校门口把我一个人留在集合那里的孩子们中间之后，昏昏沉沉的顺从就取代了绝望。

有短短的一段等候时间，在这期间同甘共苦的小伙伴们相互探询着彼此认识了。当我们拥在学校前厅里的时候，一个小东西向我靠近，并且试图增强我的恐惧感而后快，他已经看出了我的害怕心理。这个肮脏的蛆虫和坏蛋选中了我作为他暴虐狂本能的牺牲品。他向我描述了学校里的情况，这一点他知道得并不比我更多，他把老师描绘成一个专门对学生进行刑罚的差役，当他看到我充满恐惧的哭丧的脸上流露出相信他的神情时，他高兴了。这个捣蛋鬼说：

你说话，他打你。你沉默不语，你打喷嚏，他也打你。你擦鼻涕，他也打你。他大声叫你时，就是要打你了。你要注意，你跨进屋里去，他也打你。

故事的意义上学的第一天就这样不知过了多久，他就用老百姓在街头巷尾所说的方言叨唠个不停。

一个小时以后，我回到家中，高高兴兴地一边和父母一起吃饭，一边吹牛，然后比往日更加高兴地冲向室外，奔向那童年时代无拘无束的、尚未失去的世界。

不，这所乡村学校，连同那位年老的、脾气总是很不好的老师布伦德尔，都没把我毁坏。我的生活空间没有被夺走，我的自由、我的生活乐趣依然如旧。

世界散文精品集丛书

作者简介 ❖

海因里希·伯尔

（1917～1985）

德国著名作家，主要作品有小说《一声不吭》、《无主之家》和《与一个女人的合影》等。一九七二年获诺贝尔文学奖。

优哉游哉

在欧洲西海岸的一个码头，一个衣着寒碜的人躺在他的渔船里闭目养神。

一位穿得很时髦的游客迅速把一卷新的彩色胶卷装进照相机，准备拍下面前这美妙的景色：蔚蓝的天空、碧绿的大海、雪白的浪花、黑色的渔艇、红色的渔帽。咔嚓！再来一下，咔嚓！德国人有句俗语："好事成三。"为保险起见，再来个第三下，咔嚓！这清脆但又扰人的声响，把正在闭目养神的渔夫吵醒了。他睡眼惺忪地直起身来，开始找他的烟盒。还没等找到，热情的游客已经把一盒烟递到他跟前，虽说没插到他嘴里，但已放到了他的手上。咔嚓！这第四下"咔嚓"是打火机的响声。于是，殷勤的客套也就开始了。这过分的客套带来了一种尴尬的局面。游客操着一口本地话，想与渔夫攀谈攀谈来缓和一下气氛。

"您今天准会捕到不少鱼。"

渔夫摇摇头。

"不过，听说今天的天气对捕鱼很有利。"

渔夫点点头。

游客激动起来了。显然，他很关注这个衣着寒碜的人的境况，

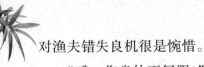

对渔夫错失良机很是惋惜。

"哦，您身体不舒服？"

渔夫终于从只是点头和摇头到开腔说话了。"我的身体挺好，"他说，"我从来没感到这么好！"他站起来，伸展了一下四肢，仿佛要显示一下自己的体魄是多么的强健。"我感到自己好极了！"

游客的表情显得愈加困惑了，他再也按捺不住心中的疑问，这疑问简直要使他的心都炸开了：

"那么，为什么您不出海呢？"

回答是干脆的："早上我已经出过海了。"

"捕的鱼多吗？"

"不少，所以也就用不着再出海了。我的鱼篓里已经装了四只龙虾，还捕到差不多两打鲭鱼……"渔夫总算彻底打消了睡意，气氛也随之变得融洽了些。他安慰似的拍拍游客的肩膀。在他看来，游客的担忧虽说多余，却是深切的。

"这些鱼，就是明天和后天也够我吃了。"为了使游客的心情轻松些，他又说："抽一支我的烟吧？"

"好，谢谢。"

他们把烟放在嘴里，又响起了第五下"咔嚓"。游客摇着头，坐在船帮上。他放下手中的照相机，好腾出两只手来加强他的语气。

"当然，我并不想多管闲事，"他说，"但是，试想一下，要是您今天第二次、第三次，甚至第四次出海，那您就会捕到三打、四打、五打，甚至十打的鲭鱼。您不妨想想看。"

渔夫点点头。

"要是您，"游客接着说，"要是您不光今天，而且明天、后天，对了，每逢好天都两次、三次，甚至四次出海——您知道那会怎么样？"

渔夫摇摇头。

"顶多一年，您就能买到一台发动机，两年内就可以再买一条船，三四年内您或许就能弄到一条小型机动渔船。用这两条船或者这条机动渔船您也就能捕到更多的鱼——有朝一日，您将会有两条机动渔船，您将会……"他兴奋得好一会儿说不出话来。"您将可以建一座小小的冷藏库，或者一座熏鱼厂，过一段时间再建一座海鱼腌制厂。您将驾驶着自己的直升机在空中盘旋，寻找更多的鱼群，并用无线电指挥您的机动渔船，到别人不能去的地方捕鱼。您还可以开一间鱼餐馆，用不着经过中间商就把龙虾出口到巴黎，然后……"兴奋又一次哽住了这位游客的喉咙。他摇着头，满心的惋惜把假期的愉快几乎一扫而光。他望着那徐徐而来的潮水和水中欢跳的小鱼，"然后，"他说，但是，激动再一次使他的话噎住了。

渔夫拍着游客的脊背，就像拍着一个卡住了嗓子的孩子。"然后又怎样呢？"他轻声问道。

"然后，"游客定了一下神，"然后，您就可以优哉游哉地坐在码头上，在阳光下闭目养神，再不就眺望那浩瀚的大海。"

"可是，现在我已经这样做了，"渔夫说，"我本来就优哉游哉地在码头上闭目养神，只是您的'咔嚓'声打扰了我。"

显然，这位游客受到了启发，他若有所思地离开了。曾几何时他也认为，他今天工作为的是有朝一日不必再工作。此时，在他的心里，对这个衣着寒碜的渔夫已没有半点的同情，有的只是一点儿嫉妒。

作者简介 ◆

罗·穆西尔

（1880～1942）

奥地利作家。其主要作品有《醉心的人们》、《生前遗言》等。

裁缝的童话

一

我不相信，这是一个裁缝。

他站在法官面前，说道："我要坐监狱；我在监狱里感到最舒服不过了。我的母亲死了，我跟我的朋友们闹翻了；呵，我那样对待我的母亲真不应该呵。生命有什么价值?! 但总不能大家都去自杀。您应当同情我！法官先生，如果您同情我，那您就把我永远关起来！我会为此感到幸福的！在监狱里我能工作，做一名裁缝，再不要出来，再不要回到这个世界。"

但是法官理解不了，只判他一个星期的拘役。

被判决者因为判刑太轻提出上诉。

法官告诉他说，只有检察官才能因为判刑太轻提出上诉。但是检察官对此毫无兴趣。

二

我相信，这之后不久，我在 11 月 12 日环行大道上滚动一枚大炸弹，它比我还大。我在它身上花费了毕生的精力，我要用它把我的时代炸到空中去。一个警察拦住了我，观察着炸弹。我说，我一定要用它把我的时代炸到空中去，因为它不愿跟随我，警察先生，这是我的作品。在这一瞬间，我觉得炸弹是那么大，就如同在印刷报纸前卸下来的滚筒纸一样。"呵，您是从报社……"警察温和地说，"您不需要许可证。"

三

我的炸弹转了一个奇妙的弯就滚进国会大厦平台下的大门里，滚进大厅里。每当宣告一场革命时，这座大厅里总是有许多警察。我引爆我的炸弹，可他们把火扑灭了，因为上面正在开会发言。我大声喊叫："我死后二十年它就会成为一枚炸弹！"这时所有的警察都向我冲来。我手头有一件工具，我想，是叫做曲柄钻；它是一个钻孔器，使用时抵住胸部，用手摇动曲柄，可以把铁钻出洞来。我用它来保护自己。我把它顶在一个警察前胸的第二个和第三个纽扣之间的位置上，开始转动起来。这个警察的脸变得越来越苍白。可其他警察想抓住我的胳膊，虽然他们没有立刻就抓住它，但是我的两条胳膊四周却乱成一团，到最后钻头没法向前转动了。

我就这样被逮捕了。

四

"法官先生……"我说。

"法官先生，我读过许多书，受过多年训练，因为我要成为一个诗人，要认识我的时代——，不仅是……"我毫不羞愧地为自己进行辩护，但是法官早就熟悉这一套了，他莞尔一笑问道：

"您私造纸币？"

"没有！"我高兴地叫了起来，"这是被禁止的！"

首席法官望着他身边的人的面孔，右边律师望着左边律师，国家检察官望着记者，大家都面泛微笑。"我要求专家进行鉴定！"辩护人胜利地叫了起来。

"您被起诉了，因为您没有私造纸币。"法官说。

五

从那以后我就在监狱里了。

专家们解释说，他缺少"钱腺"，因为他没有道德调节器官，每当有人厚颜无耻对待他时，他立刻就要冒火；除此，他患有思想溜号症，别人说了成百次的话，他也无法听进去，而总是寻求新的念头。就是这样。文学专家的鉴定比这更坏。从根本上看，我是一个微不足道的人，不必加以惩罚。

可是从那时起，我就生活在秩序的童话里。没有人责备我的不合体统的举止，正相反，在这些蹲监狱的人中间，我宛如一种奇妙的现象那样引人注目。我的知识是出类拔萃的。作为一个作家，我是一个权威，甚至可以替看守代写书信。所有的人都称赞我。因为在那个正义的世界里，我是一个微不足道的人，而在这个不正义的世界里，我就成了有口皆碑的道德上和知识上的天才了。我做这一切不是为了钱，而是为了得到称赞和自我表扬。我又做裁缝的工作了。这工作的性质奇妙极了，我的灵魂是一根针，它整小时地穿进穿出，整日里像蜜蜂那样嗡嗡不停。我脑子里空荡荡的，就像躺在坟墓里一样，蜜蜂嗡嗡叫个不停。

六

若是有人向我证实：这一切不是真的，我从前不是一个低贱的裁缝，我现在不是蹲在一所监狱里的话，那我为谋取一所疯人院的荣誉位置会向共和国总统提出申请的。

就是那儿也是美好的。我这个人到哪儿都挺合群。不会有人感到奇怪，我是为了他们的缘故才忙个不停的。是啊，正相反，他们也会把所有的障碍给我从路上清除干净的。

作者简介 ◈

斯蒂芬·茨威格

（1881～1942）

奥地利作家。其代表作有中篇小说《一个陌生女人的来信》、《象棋的故事》和散文集《邂逅集》等。

世间最美的坟墓

　　我在俄国所见到的景物再没有比托尔斯泰墓更宏伟、更感人的了。这将被后代怀着敬仰之情朝拜的圣地，远离尘嚣，孤零零地躺在林阴里。顺着一条羊肠小路信步走去，穿过林间空地和灌木丛，便到了坟墓前；这只是一个长方形的土堆而已，无人守护，无人管理，只有几株大树荫庇。他的外孙女跟我讲，这些高大挺拔、在初秋的风中微微摇动的树木是托尔斯泰亲手栽种的。小的时候，他的哥哥尼古莱和他听保姆或村妇讲过一个古老传说，提到亲手种树的地方会变成幸福所在。于是他们俩就在自己庄园的某块地上栽了几株树苗，这个儿童游戏不久也被忘掉了。托尔斯泰晚年才想起这桩儿时往事和关于幸福的奇妙许诺，饱经忧患的老人突然从中获得了一个新的、更美好的启示。他当即表示愿意将来埋骨于那些他亲手栽种的树木之下。

　　后来就这样办了，完全按照托尔斯泰的愿望；他的坟墓成了世间最美的，给人印象最深刻的、最感人的坟墓。它只是树林中的一个小小的长方形土丘，上面开满鲜花——没有十字架，没有墓碑，没有墓志铭，连托尔斯泰这个名字也没有。这个比谁都感到受自己的声名所累的伟人，就像偶尔被发现的流浪汉、不为人知的士兵一

当玫瑰开花的时候

般不留名姓地被人埋葬了。谁都可以踏进他最后的安息地，围在四周稀疏的木栅栏是不关闭的——保护列夫·托尔斯泰得以安息的没有任何别的东西，唯有人们的敬意；而通常，人们却总是怀着好奇，去破坏伟人墓地的宁静。这里，逼人的朴素禁锢住任何一种观赏的闲情，并且不容许你大声说话。夏天，风儿在俯临这座无名者之墓的树木之间飒飒响着，和暖的阳光在坟头嬉戏；冬天，白雪温柔地覆盖这片幽暗的土地。无论你在夏天或冬天经过这儿，你都想象不到，这个小小的、隆起的长方形包容着当代最伟大的人物当中的一个。然而，恰恰是不留姓名，比所有挖空心思置办的大理石和奢华装饰更扣人心弦：在今天这个特殊的日子里，成百上千到他的安息地来的人中间没有一个有勇气，哪怕仅仅从这幽暗的土丘上摘下一朵花留作纪念。人们重新感到，这个世界上再也没有比这最后留下的、纪念碑式的朴素更打动人心的了。残废者大教堂大理石穹隆底下拿破仑的墓穴，魏玛公侯之墓中歌德的灵寝，西敏司寺里莎士比亚的石棺，看上去都不像树林中的这个只有风儿低吟，甚至全无人语声，庄严肃穆，感人至深的无名墓冢那样能剧烈震撼每一个人内心深藏着的感情。

作者简介 ◆

巴罗哈

（1872～1956）

西班牙作家。其代表作有《为生活而战斗》、《一个活动家的回忆录》等。

手风琴颂

有一个礼拜天的傍晚，诸君在亢泰勃利亚海的什么地方的冷静的小港口，没有见过黑色的双桅船的舱面，或是旧式海船上，有三四个戴着无边帽的人们，一动不动地倾听着一个练习水手用了旧的手风琴拉出来的曲子。

黄昏时分，在海里面，对着一望无涯的水平线，总是反反复复的那感伤的旋律，虽然不知道为什么，然而是引起一种严肃的悲哀的。

旧的乐器，有时失了声音，好像哮喘病人的喘息。有时是一个船夫低声的合唱起来。有时候，则是刚要涌上跳板，却又发一声响，退回去了的波浪，将琴声、人声，全都消掉了。然而，那声音仍复起来，用平凡的旋律和人人知道的歌，打破了平稳的寂寞的休息日的沉默。

当村庄上的老爷们漫步了回来的时候；乡下的青年们比赛完打球，广场上的跳舞愈加热闹，小酒店和苹果酒吧间里坐满了客人的时候；潮湿得发黑了的人家的檐下，疲倦似的电灯发起光来，裹着毯子的老女人们做着念珠祈祷，或是九日朝山的时候，在黑色双桅船，或者装着水门汀的旧式海船上，手风琴就将悲凉的，平凡到谁

当玫瑰开花的时候

都知道的，悠扬的旋律，陆续地抛在黄昏的沉默的空气中。

唉唉，那民众式的，从不很风流的乐器的肺里漏出来的疲乏的声音，仿佛要死似的声音所含有的无穷的悲哀呵！

这声音，是说明着恰如人生一样地单调的东西；既不华丽，也不高贵，也非古风的东西；并不奇特，也不伟大，只如为了生存的每日的劳苦一样，不足道的平凡的东西的。

唉唉，平凡之极的事物的玄妙的诗味呵！

开初，令人无聊，厌倦，觉得鄙俚的那声音，一点点地露出它所含蓄的秘密来了，渐渐地明白，透彻了。由那声音，可以察出那粗鲁的水手，不幸的油夫们的生活的悲惨；在海和陆上，与风帆战，与机器战的人们的苦痛；以及凡有身穿破旧难看的蓝色工衣的一切人们的困惫来。

唉唉，不知骄盈的手风琴呵！可爱的手风琴呵！你们不像自以为好的六弦琴那样，歌唱诗底的大谎话。你们不像风笛和壶笛那样，做出牧儿的故事来。你们不像喧器的喇叭和勇猛的战鼓那样，将烟灌满了人们的头里。你们是你们这时代的东西。谦逊、诚恳、稳妥地像民众，不，恐怕像民众而至于到了滑稽程度了。然而，你们对于人生，却恐怕是说明着那实相——对着无涯际的地平线的，平凡、单调、粗笨的旋律的吧！

作者简介 ◆

雅罗斯拉夫·伊瓦什凯维奇

（1894～1980）

波兰作家。其代表作有剧本《假面舞会》和长篇小说《名望与光荣》。

夜宿山中

　　静有静的不同，并非千篇一律。静的含义与和谐，都在于跟闹的对比之中。各种音响可能在寂静出现之前就存在，也可能在寂静出现之后才到来。当你夏天住在一个小镇，酷热使你长夜难眠的时候，你多么盼望瞬间的宁静！就在坎坷不平的街道送走最后一阵嘚嘚的马蹄声和迎来第一声辚辚的送煤车声之间，也许有那么个短暂的片刻，你会如同坠入一个热烘烘的黑暗深渊之中。难以抗拒的失眠并没有离去，只有退到房中的一个角落窥伺着，只待那打破温馨的寂静的一声响动出现，便像带刺的蜜蜂一样飞扑过来。

　　再如火车到站后感到的寂静：当你走下车厢，踏上乡村小站的月台，当你坐进一辆轻便的马车，车轮转动，悠悠前进的时候，你便已体会到一种静谧。静在晚饭前的鱼香里，在洋槐树下的淅沥雨声中，在远去列车的余声里等待你。然而，只有当你走进一间华丽的卧室，置身于蒙面的家具、床上簇新的被褥和一般"客房"中常见的那种古旧相片之间，当你推开窗户，给这久置不用的房间放进一点新鲜空气的时候，那种叮当作响、芬芳馥郁、温情脉脉的宁静才来到你的身旁。傍晚时分，可以依稀听见某处马厩传来的轻微的声息——也许是马儿炰蹶子，偶然还可听见两三声狗吠。随着晚霞

当玫瑰开花的时候

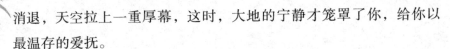

消退，天空拉上一重厚幕，这时，大地的宁静才笼罩了你，给你以最温存的爱抚。

　　然而，山中的静却是一种非人间的、超凡脱俗的静穆，已经不是在笼罩你，而是在压迫你了。矗立的巉岩似乎是自开天辟地以来便已凝固，它无声无息地向你逼视；山峰上融雪冻成的冰柱，有的从石崖的裂隙间垂挂下来，宛如一只只因长久乞求而疲惫的手；白天还在潺潺流动的山溪，到了夜里似乎不胜惊吓，沉寂在坚硬的山石和无情的天宇之间。从崖壁的每个右罅里，从稀疏的草地上的每棵草茎里，冒出来的都是那样的一种寂静。深山幽谷，万籁无声。你会觉得是由于缺乏空气的缘故，才使得一切音响都失去了生命，如同在星际空间；在这死一般的静穆里，夕阳缓缓西下，犹如一个失去了光芒的红色大球，沿着地平线滚去，隐没到隔山的谷地里；山间各种灰色的多面体顷刻之间染上了一层玫瑰色，宛如盖上了一层新苔，同腐烂的绿色地衣交织成一幅被剥夺了生命的暗淡画面；适才还在你身边低吟浅唱的山溪也暗哑了。只有当你朝着一股小小的山泉俯下身去，耳朵贴近它幽黑的水面，才能勉强听到淙淙的水声，仿佛是从地底向误入深山的你发出的一串低语。

　　到你抬起身来，光线和山影之间的界线已经模糊了：我们决定留在山中宿夜。

　　随之，静也起了变化。空洞的静穆似乎逐渐有了某种充实的内容，只是一时还不能理解它的含义。我仿佛翻开了一本原始文字写的智慧经书，明知它的内容肯定会打动我的心，甚至会使我笃信，但是，那古怪的文字却什么也不能说明。我只好默默把它放在一边，无精打采地去进行普通的宿夜准备。

　　不久，篝火便熊熊燃烧了起来，金黄色的火苗在悬垂的山峰的阴影里闪耀，虽说天空还算明亮，清澈如碧绿的玉石。我离开了篝火，离开了同伴，踏上随着山势逶迤宛转的野径，来到了一个高高的山隘。俯瞰下方，但见两边是两片寂静无声的尘地。一片洼地已经完全失去了生命的光彩，呈现着五色、无声的单调，我的视线只能在这里那里捕捉到一块比较突出的岩石的轮廓：一片混混沌沌，山朦胧，树朦胧，路更朦胧，像亘古长存的大海，淹没了那些较小的峰峦和丘陵。另一片洼地被一道山脊分为两半，仿佛是某位丹青高手随意一笔涂成，看起来酷似表现派的木刻画。只有聚集在远方山口的灰蓝色的雾霭还能称之为色彩。其余的一切都只是寂静。

直到那天青石的颜色，那种略显暗淡的蓝青色弥漫了我头顶上方的穹隆，并向我脚下的深渊倾泻夜的灰青色粉末，寂静里才有了簌簌的声响。这声响，活像是翻阅书卷时发出来的一样。是的，一卷由识天机者用金刚石的笔刻写的阿威兹达经书，徐缓地翻开了。

阿拉伯神话中巨魔的翅膀，似乎就能发出这样神秘的簌簌声，凡人的耳朵无法捕捉到它，只有根据人身上皮肤轻微的战栗才能觉察到它的存在。我站在这深山僻径，置身于死气沉沉的峻岩峭壁之间，感觉到了这种轻微的战栗。巨魔般的夜翱翔于天际，摆动着色调越来越浓的蓝青色翅膀；这蓝青色的翅膀便是自行翻动的书页。我读着上面用金色字母拼写的文字："繁星、繁星、繁星……"

别的我什么也没有看懂。唯有这两个字，包含了其余一切字句所显示的全部内容。它们像一张有着千万个孔眼的金色大网，撒满了整个的空间，也网住了我，使我的各种思绪纷至沓来，像一群苍蝇东飞西撞，竭力想从我的嘴里飞出。忧伤的回忆，甜蜜的柔情，陡然的兴奋，转眼的冷漠。甜酸苦涩，一应俱全。万般情愫有如山影，翩然而来，又翩然而去，只给我留下了深山寂静的姐妹——内心的寂静。这双重的寂静，像两个连环杯，盛满清洌的山泉和山中苔藓的芳香，把我里外浇遍。百感千思，绵绵往事，都离我远去，而我的灵魂则找到了一条通向宇宙灵魂的路。

我的灵魂发现了一条路，但还不曾沿着这条路走去。它还在犹豫。就像一个第一次到教堂去发愿了却尘缘的领洗的修女，她走到了教堂的门口，默默而不安地站住了，她伸出了双手，夕阳清冷的

幽光洒落在她苍白的手上。她凝神倾听着。

外部的寂静似乎更加稠浓，荡漾着，浮游着，飘荡的寂静不再使人感到压顶的窒息；它似乎在裹挟更大的范围，一步一步地笼盖了寰宇，每一步都拨动了一个和谐美妙的天籁的音响。静穆的弦越绷越紧，已经达到了最大的限度，随时都有可能被抻断。然而，它没有被抻断——繁星的网捕获了我的万般情愫之后，也带走了过量的寂静，一直带到了茫茫的穹宇，放进了那晶莹闪亮的蓝宝石的圆盘里。

我的心，被一只冰凉的手按摩过之后，又跳动了起来。我的灵魂已经迈进了宇宙的门槛。我闭上了眼睛，倾听着盘旋上升的寂静凌空飞去时发出的簌簌的响声。送走了寂静还能留下什么？

它没有腾空飞去，只是变换了一种形态。此刻，它又像我的亲人——母亲、妻子那样，悠闲自在地向我走来；伏在我的背上，抚摸我的额头，亲吻我的眼睛，轻言细语地向我说了许多温情的话。只是，我永远也理解不了这些柔声絮语，正如刹那间它以另一种形态向我作的关于宇宙无限、人生有限的训喻不能为我所理解一样。

如果说，前不久那些闪着熠熠光彩的话语还像一首叙事诗，那么现在就变成一个在暮色苍茫中讲的童话了。黄昏时刻的那种似水柔情早已使我厌倦。我渴望抖落裹在身上的这件灰蒙蒙的外衣，但是徒劳，儿时的回忆又悄悄地向我袭来，那般清晰，那般突出，成了被黑暗包围的一个亮圈。

我竭尽全身之力要扯断这团灰色的纱线，不能让它在这荒野孤寂的山隘用无所作为的善意缠住我，使我裹足不前。

于是，我采取了决定性的一步，冲出了把我同世界隔离的走廊，同时也感到，寂静如何由一个温柔的妈妈摇身一变，成了庄重、肃穆、伟大的母亲，独一无二的母亲。

片刻之前的神秘意境，突然一下豁然开朗——并无电闪雷鸣。从四面八方把我团团围住的朦胧灰色，不再成其为灰色，根本就说不上是什么颜色了。

从谷地升起的雾，化作一朵朵云彩，飘过模糊不清的峭壁，从离我不远的地方袅袅升向高空。"明天有雨"，我脑际闪过这几个字，同时又觉得，这几个字下盖着某种未曾表达，也永远无法表达出来的含义，一如藏而不露的贵重金属的矿脉。我跟这种隐含的含义，可真有着不解的缘分。

雨点也许会跟我一起降落到地上，因为随着我同寂静慢慢融合为一体，我也会变成露水、云雾、雨滴；变成石头、植物、蛇；变成数字、度量、容积；变成多维时空的交响诗。我会变成雨，飞向那有如肋骨一般兀立在谷地的松树，我会变成一滴水，随着那珠垂玉坠、喷金泼翠的飞瀑滔滔直泻谷底，带着骄阳的热气溅落在植物的幼芽上，溅落在青草的长舌上；我也能带着茫然的微笑死去，就像一滴露水常能做到的那样。

寂静一旦消逝，就会分化成上天的赋格曲的千百种声调，就像一首复杂的交响曲会分解成许多乐章和乐句。能识辨这错综复杂的旋律，是人生的大幸。我就是这样的一个幸运儿，我靠手指感受到的不是冷冰的岩石的轻轻一触，也不是飘忽的空气的气流，而是宇宙灵魂的颤抖。宇宙灵魂带着微弱而热切的簌簌声，进入了我那正希冀着它的空虚的灵魂，就如空气进入了橡皮轮胎。

宇宙灵魂飨我以玉液琼浆，它恰似深山的空气一样甘美、清醇，它已将我灌饱，滋润着我全身的每一个细胞。于是，寂静便不再是存在于我身外，存在于我周围，既不像一只驯服的狗向我摇尾乞怜，也不像一位美貌仙女因畏我而退避三舍，而是充满了我全身。于是，我便成了一座黄昏时分支撑在冰凉的圆柱上的上帝的空教堂。我觉得自己是个巨人，遮盖我心灵上那盏长明灯的薄纱缓缓揭开了，飞去了。我这个教堂里填满了高及云际的沉默的冰，充满了万物沉默的歌声，唯有隐藏着最深、最秘密的那扇大门，轻轻地吱呀一声敞开了。

在我的教堂里，在圆顶下面，聚集了一群欢乐天使，宛如通体透明的小精灵；人的心脏的每一次跳动，都是对上帝的沉默的一次打击，也是对肉体安全的一种威胁，因此，它每时每刻都在停顿着、收缩着，当它碰到露水沾湿的石头，它就会像慑于夜色的山溪那样，几乎完全沉寂下来。倘若你愿把耳朵贴在我的胸口，也许能听到它还在跳动，但它已近于停息。

马铃薯已经烤熟了——有人在喊我。这时才出现真正的洪亮的声响，有如雪崩时发出的轰鸣。受惊的寂静这才逃之夭夭。

作者简介 ◆

普·沃兰茨

(1893~1950)

原南斯拉夫斯洛文尼亚作家。代表作有《与水搏斗》等。

铃兰花

　　紧挨着我们家的地头有一块怕人的、黑黢黢的洼地，大家都管它叫"地狱"。它三面由陡坡环绕，活像一口深锅，只有一个隐没在晦暗、神秘的密林里的出口。山坡上长满了杂乱的灌木、黄檗、千金榆幼树、乌荆子、野樱桃树和一些乱七八糟的玩意儿。林丛间荒草蔓生，它们只宜于作羊饲料。在这里你可以找到扫石南、蕨草、木贼、藜芦和其他一些无用的野草。"地狱"里人迹罕至，阴阴森森，人们来到这里，心都会不由自主地紧缩起来。那里唯一有生命的东西是一眼泉水，它从洼地底层布满青苔的山岩下涌出来，经过一段不长的曲折流程，流到外边的广阔天地里，然后在那里消失。泉水的淙淙声响彻整个洼地。这种水流的喧闹声被三面陡坡折回来，在森林中回荡，变得更响了。溪流日夜不息的声响给这个阴森可怖的地方蒙上了更神秘的色彩。

　　乍一看，你会觉得从这样的地方不会有任何收益，父亲白白地租了这块地。说真的，"地狱"确实没有什么大作用，不过偶尔从那里能割来一两车垫牲畜栏的干草。父亲急需连枷杆和耙子把时，也到"地狱"去找。用"地狱"的千金榆作连枷杆，或用黄檗作耙齿，比其他地方的更结实耐用。

不过，那地方还是用来放牧最理想。"地狱"里的草虽然长得不高，但多汁，牲口很乐意吃。

我打从记事的时候开始就害怕这个地方。这首先应该归咎于它的名称。当父母对我进行基督教的启蒙教育时，我便从他们那里听说过地狱；当我扯着母亲的长裙上教堂的时候，教堂里也谈到过地狱。在我幼小的心灵中，我们当地的"地狱"简直和真正的地狱一模一样，只不过在它的深处少一堆不熄灭的大火罢了。我总觉得我们的这块洼地有点像真正地狱的入口，有一扇暗门直通到里面，这扇门不是隐藏在洼地的底部，便是在出口处林木丛生的沟谷里。我每次总是恐惧万端地走近这个地方，然后又尽快跑开。

有那么一次，那时候我还不到六岁，父亲要我到那里去放牧。这对我真是一个非常可怕的考验，因为在这之前我还从未独自一人去过那里。当时我真想大哭一场。父亲看出了这一点，他笑了笑，给我打气说：

"这个'地狱'里没有鬼。快去吧！"

母亲心疼我，赶紧来安慰我。

"你没看见吗，他怕'地狱'呀！"她对父亲说。

然而，我并没有因此而得到怜悯。我只好赶着牲口，尽量放慢脚步，一点点走近这个可怕的地方。我本来打算把牲口停留在山坡上，这不过是枉费心机。一瞬间牲口群便隐没在洼地里了。我无可奈何，只好跟着下去，生怕那几头母牛会从沟谷走进树林里去。

我就这样战战兢兢地在"地狱"的底部坐下来，也不敢回头好好地看看四周。响彻着整个洼地的淙淙声使我觉得好像有人在耍妖术。这里没有任何东西能使我高兴，纵然我喜欢家乡的涓涓溪流，常常在上面修筑水坝和磨房，然而这小溪也不能给我带来欢乐。我越来越害怕，都被吓呆了，终于控制不住，大声哭叫着从这里跑开了。跑到上面我还收不住脚步，一直顺着田野，泪流满面地朝父母正在耕种的地头跑去。

"出什么事了？"父亲大吃一惊。

"牲口不见了，所有的牲口……"

父亲的脸色陡然变得铁青，接着温和地挥了挥手说：

"没什么大不了的事。我们一起去看看。"

我怀着沉重而内疚的心情跟在父亲背后，慢吞吞地向"地狱"走去。来到可以看到整个洼地的坡坎上，父亲一眼就看到这个小小的畜群还在低处。他十分惊讶地收住脚步，开始点数：

"一、二、三、……九……"九头牲口都在下面老老实实地吃青草。

"你这是怎么搞的，做梦了吧，小伙子？"父亲觉得很奇怪。但刹那间他像是悟出了我撒谎的缘由，怒气冲冲地一把揪住我的头发，顺势往坡下一推，我便朝下滚去。

"你撒谎，就叫你入地狱！"

我好不容易才听出父亲说了些什么，因为恐惧又攫住了我的心。我号啕大哭，把眼泪都哭干了，但是浑身仍哆嗦了好一阵，一直也平静不下来。我睁着一双哭肿了的眼睛，看见牲口也都抬起头，在莫名其妙地看我。被父亲戳穿的谎言使我不能平静。我又可怜，又感到绝望，只好揪着心等待回家时刻的到来。离天黑还有很长时间，我把畜群从低处赶到坡上，在那里一直等到夜幕降临"地狱"的阴森森的底层。

回到家的时候，我哭成了个泪人儿，狼狈得很。父亲笑了，母亲却说：

"以后你不要再叫他去'地狱'了，他年纪还小呢，要是吓出毛病来，一辈子可就成了傻瓜。"

打这以后，果真不再叫我到"地狱"去放牧了。不过我对这个地方依旧像当初那样惧怕。

有一次，正好是星期六黄昏，父母坐在我们家的门槛上，若有所思地翘首望着春天晴朗的天空，母亲深深地叹了口气说：

"哎呀，我真想明天带一束铃兰上教堂，可惜哪里也找不着。"

"是呀，眼下找铃兰是晚了一些。要有也就是在'地狱'里了。"

一听到"地狱"这两个字，我全身不禁打了个寒战。我好容易等到父母起身闩门，然后上床睡觉。夜里我久久不能入眠，这个可怕的地方老在我眼前浮现。在我内心深处却回响着母亲的叹息声。铃兰花和"地狱"，这是多么不相容的两件事物啊！我特别喜欢铃兰，寻遍了我家前后的所有坡地和沟谷。可我却不知道它们也长在"地狱"里。

早上我起得格外早。准是我在梦里出过大汗，所以身子还是湿淋淋的。我通常都是一早就去放牧。天天早上都要别人把我叫醒，然后把我从被窝里拽出来。今天我可是自己起的床。踮着脚就出了家门。父亲和母亲还在酣睡，因为今天是星期日。

我来到了院子里站下，仿佛还处在半睡不醒的状态之中，充满了一种惬意而奇妙的责任感，尽管这对我还是下意识的感觉。春日的早晨已经到来。真正的夏天也不远了。远方的波霍尔耶山背后，火红的朝霞烧红了半爿天，朝阳眼瞅着就要擦出它圆圆的脸蛋了。阳光照到佩查山顶，给它抹上了一层绛紫色。青草、树木和灌木林上都披覆着露水，它们现在还只是忽闪忽闪地微微发亮，等到旭日东升，它们在阳光下黄澄澄的像金粒和珍珠那样闪光时，又会有另外一番景象。远方的晨雾缓缓移动，仿佛大自然背负着沉沉的重担。

蓦地，恰似有一股神奇的力量使我又重新迈开步子，穿过地头，径直向"地狱"走去。我从坡坎上恐惧地往昏暗的洼地瞥了一眼，为了不看它，就紧闭着双眼往下走，心里盘算着在底部的山岩旁一定会找到铃兰花。一直走到了底部，我才睁开眼睛。

我看见了许多芬芳馥郁的铃兰花，于是动手大把大把地采起来。就是在这种情况下，也没有向四周张望的勇气。我怀着一种兴奋而难过的心情，谛听着潺潺的流水和它那叫人不寒而栗的回声，这声音在清晨的宁静里听起来比平日更响。我捧了一大把铃兰花，赶紧走出了"地狱"。我一口气往家里跑去，等跑到家，刚赶上母亲正要出门。

这时，天边的红日已经把它的第一束光辉投进我们家的院子，把院子装扮得绚丽多彩。母亲伫立在霞光里，周身通红，漂亮极了，犹如下凡的天仙。我捧着铃兰向她跑去，一边还得意地大喊着：

"妈妈，妈妈……铃兰……"

我沉浸在幸福和无限喜悦之中，更显得容光焕发。

母亲的脸上也漾起了欣喜的微笑；她满心高兴地伸手接过花束，捧到脸边。但在吸进那浓郁而清新的花香之前，她先看了看我。

"你为什么哭，我的孩子？……"

我刚才因为害怕而涌出的大颗泪珠还噙在眼里，但陶醉在胜利之中竟把它忘得一干二净了。母亲猜到了我的壮举，她慈祥而温和地摸了摸我的头。

当玫瑰开花的时候

作者简介 ◆

埃林·彼林

（1877～1949）

保加利亚作家。著有《格拉克一家》等。

孤独的树

一阵肆虐的狂风从遥远的树林里刮来两颗种子，随意将它们分撒在田野里。雨水将它们润湿，泥土将它们埋藏，阳光给它们温暖。于是，它们在田地里长成了两棵树。

最初，它们十分矮小，然而无心的时间把它们高高地拉离地面。它们便能眺望得比从前远多了。

它们也都彼此看见了。

田野十分辽阔，直到那葱绿的平原的尽头，也看不到任何其他的树木，只有这两株远远分隔着的树，形影相依地伫立在田野中间。它们的枝丫纵横交错，仿佛是些用来丈量这旷野的奇怪的标尺。

它们遥遥相望，彼此思念，彼此倾慕。然而，当春天来临，生命的力量给它们温暖，充盈的液汁在它们体内流动起来时，它们心中也勾起了对那永存的，同时也是永远离开了的母林的思念。

它们会心地摇动着树枝，相互默默地打着手势。当一只小鸟像一种心念从这棵树飞到那棵树的时候，它们就高兴得战栗了起来。

狂风暴雨来临时，它们惶恐地东摇西摆，折断了树枝，呜呜地呻吟叫喊，仿佛想挣脱地面，双方飞奔到一起，紧靠支撑，并在相互拥抱中获得解救。

夜晚到来，它们消失在黑暗中，重又被分隔开来。它们痛苦得如同病魔缠身，它们祈求地仰望天空，期望快快给它们送来白日的光辉，以求再能彼此相见。

如果猎人和干活的人坐在它们中一个的影子下休息，另一个就忧伤地喃喃低语，沉痛地诉说孤独的生活多么苦恼，离开亲人的日子过得多么缓慢、沉重、没有意义；它们的理想因得不到理解而消失；它们的希望因不能实现而破灭；找不到慰藉的爱情多么强烈，没有亲情的处境多么难以忍受。

当玫瑰开花的时候

作者简介 ❖

罗根·皮耳索耳·史密斯

（1865～1946）

美国作家。其主要作品有《亨利·顿爵士传记》、《读莎士比亚》、《弥尔顿和他的现代评论家》、《难忘的年代》等。

玫 瑰 树

　　这老太太总为她园里那棵大玫瑰树感到得意，欢喜对人讲它是怎样从一条插枝长成，好些年前她才结婚的时候从意大利带回来的。她同她的丈夫从罗马坐四轮马车旅行回去（当时还没有火车），在西恩那南部一段坏路上他们停了下来，不得不在路旁的小店里过夜。小店设备当然简陋，她一夜没有睡好觉，很早就起床，披上衣服，站在窗前，凉风拂面，眺望着黎明。过了这些年，她还能记得明月高照的青山，一个山巅上远远的市镇怎样渐渐发白，发白，直到月亮消逝，山轻轻着上了晨曦的淡红，突然市镇像为一种光辉照亮，阳光投到一个个窗户上，又反射回来，直到最后整个小小的城像一群星星在天空闪烁着。

　　那天早晨，知道他们的车子还没有修好，他们坐了一辆当地的车去到那座山城，听说那里他们可以找到好一点的住处；他们在那里停留了两三天。那是一个意大利小城，有一个高高的教堂，一个浮华的市场，几条窄街和小小邸宅，稠密而完美，坐落在一个山端，在一道墙围着的简直不比英国菜园大的区域里。但是它却充满了生气和喧闹，昼夜响着脚步与话声。

　　他们住的那小旅馆的餐堂是那个小城里的显贵聚会的场所，县长、律师、医生，还有几个另外的人；在他们当中，他们注意到一个漂亮温和而健谈的老人，有着发亮的黑眼睛和雪白的头发——高、挺直，仍有青年人的身姿，虽然侍者骄傲地告诉他们说，伯爵很老了——事实上下年他就要满八十了。他是他家庭最后的一个人，侍者又说——他们从前是了不起的富翁——但他没有后嗣；这侍者得意地谈到，好像那是当地引以为荣的故事，伯爵曾在爱情上不幸，从来没有结过婚。

这年老的先生可好像够快活的，显然对陌生的客人们发生了兴趣，想跟他们认识。这立刻就由那和善的侍者做到了。才稍谈了一会儿后，那老人便请他们去看他那就在城墙外的别墅和花园。第二天下午，在开始日落的时候，他们从门口和窗户瞥见蓝影初初罩上褐色的山，他们便去拜望他。地方并不大，一个小的新式的水泥粉刷的别墅，附带一个天然的石子花园，里面有一个装着呆滞的金鱼的石盆，有一个靠在墙上的狩猎女神及其猎犬的像。但是使它尤其生色的是一棵攀缘房屋的大玫瑰树，几乎掩住窗户，窗中充满它甜蜜的芳香。是的，那是一棵壮丽的玫瑰树，伯爵骄傲地说，在他们赞美它的时候，他要讲那与树有关的小姐。当他们坐在那里，喝着他招待他们的酒，他以一种老年的恬淡谈到他自己的恋爱，好像他认为当然他们已经听到过。

"这小姐住在那座小山过去的山谷那边。我当时还是一个青年，因为那是许多年以前。我常骑马去看她，路很远，而我骑马快，因为年轻人，无疑地夫人知道，是性急的。但是那小姐没有好心眼，她害我等，呵，一等就几个钟点；有一天我等得太久了，我便很生气，当我在她约好来会我的花园里走上走下的时候，我折断了她一棵玫瑰树，从树上折断了一枝；当我明白干了的事，我把它藏在上衣里——这样——；当我回到家时，我便把它栽好，夫人看见它是怎样长着。假如夫人喜欢它，我一定给她一条插枝栽在她花园里；我听说英国人有美丽的葱翠的花园，不像我们的被太阳晒着。"

　　第二天，当他们的修好的车来接他们，而且他们正要从旅馆离开的时候，伯爵的老仆人送来了包得上好的玫瑰插枝与他主人的"一路平安"的祝词和愿望。城里的人都聚拢来看他们动身，孩子们在他们车后追着，一直追到城门外边。他们听到后面有一阵脚步的急奔，但不久他们便远远在下面向山谷而去；这充满了闹声与生气的小城高高地在他们上面立于山巅。

　　她把玫瑰栽在家里了，它异样地生长而旺盛；每年六月，繁茂的枝叶发出一种芳香和绯红的热烈的光彩，好像它的根和纤维里仍燃烧着那位意大利情人的愤怒和受挫的热望。自然老伯爵一定死了好多年了；她已忘记了他的名字，甚至也忘记了那山城的名字。在第一次看见它在黎明时分像一群星星在天空闪烁之后，她曾在那里停留过。

作者简介 ❖

雷·布莱德伯里

（1920 ~ 　）

美国科幻小说家。其主要代表作有长篇小说《华氏温标451》及短篇小说《太阳的金苹果》等。

萌芽期的终结

　　他站在院子当中，关掉了割草机，因为他感觉到，就在此刻，太阳消失在了地平线下，星星开始闪烁。包裹在周围的鲜草碎屑渐渐落下。是啊，星星就在那儿，一开始还很黯淡，随后就在这清丽的沙漠天空上闪闪发光。他听到门廊边中纱门关闭的声音，感觉到妻子正看着他，就如同他正看着这满天的星斗。

　　"快到时间了。"她说。

　　他点点头，不用看表。上一分钟他还觉得自己很老、很冷，这会儿忽然变得又年轻又暖和。忽然间，他就到了几英里之外，仿佛就是自己的儿子，正在坚定地说这话，神采奕奕地戴着护具，在穿上新制服瞬间的那一丝恐慌，检查补给、氧气瓶，加压头盔，宇航服，然后像今晚地球上所有其他人一样，抬头仰望这浩瀚星海。

　　忽然间，他又成为自己，手握着割草机的手柄。妻子叫道，"过来坐在门廊这儿吧。"

　　"我得忙活点什么！"

　　她走下台阶，穿过草坪，"别为罗伯特担心了，他会没事的。"

　　"但这一切都是这么的全新。"他听到自己在说，"以前从来没有人做过。想想看——一架载人的火箭今晚会升上天空，建造第一

当玫瑰开花的时候

座空间站。上帝啊，多么神奇。以前从来没有过火箭、试验场，也没有起飞时间，没有航空技师。在这个意义上，我根本没有一个叫罗伯特的儿子，这整件事对我来说太难接受了！"

"那你在这外面干什么，看什么呢？"

他摇摇头，"嗯，今天早些时候，在去办公室的路上，我听到有人在大笑。把我给镇住了，我就这么站在大路当中。笑的就是我！为什么？因为我终于明白罗伯特今晚要做的事情的意义了。至少我相信是这样。'神圣'这个词我以前从来都没有用过，但这就是我站在川流不息的人群中时的感觉。下午的时候，我又发现自己在哼歌儿。'轮子是轮子，正在半空中。'你也知道这首歌。然后我又笑了。空间站，当然了，我想。带着轮辐的大轮子，罗伯特要在那儿住六到八个月，然后登上月球。"

"回到家，我又记起了这首歌的其余部分，'信念驱动小轮，上帝转动大轮'。我想要跳跃，想要大叫，浑身充满了力量！"

妻子抚摸着他的手臂，"如果要待在外面的话，至少换个舒服些的姿势。"

他们搬出两把摇椅放在草坪中央，静静地坐了下来。星星正在天边闪烁。

"这一切意义何在？"妻子最后问，"这就像是每年新年时等待西斯利菲尔德的焰火一样。"

"今夜会更盛大……"

"我一直在想——十多亿人此刻正在看着天空，所有人都在翘首以盼。"

他们就这样等着，感觉着椅子下大地的转动。

"几点了？"

"差十一分八点。"

"你从来都不会错；脑子里一定有一个钟表。"

"今晚我一定错不了。我会精确到他们发射的那一秒。看！十分钟警报！"

在西边的天空，他们看到四个发着红光的信号弹射向空中，然后缓缓落向沙漠，最终熄灭在地面上。

黑暗再次降临，夫妻二人没有再摇动他们的摇椅。

几分钟后，他说："八分钟。"停顿。"七分钟。"似乎停顿了更长的时间。"六分——"

妻子转过头，研究着天上的星星，低语道，"意义何在呢？"她闭上眼睛，"为什么发射火箭？为什么是今晚？这一切意义何在？我想知道。"

他仔细地看着妻子的脸，那张脸在银河昏暗的光芒下显得有些苍白。一个激动人心的答案就要脱口而出，但他还是让妻子继续。

"我是说，这不是旧话重提，是吧？每次有人问为什么要爬珠穆朗玛峰时，被问的人回答：'因为山就在那儿。'我从来都没明白过。这对我来说根本不是一个答案。"

五分钟，他想道。时间在流逝……他的手表……轮子套着轮子……小轮、大轮……空中……四分钟！……他们应该已经在火箭里了，仪表盘上的灯光正在一闪一闪。

他动了动嘴唇。

"我只知道，这只是萌芽期的终结。石器时代、青铜器时代、铁器时代；从今以后这些人类站在地面上羡慕鸟儿的时代都将被冠以一个名字，也许可以叫地面时代，或者叫重力时代。亿万年来我们一直在和重力抗争。当我们还是阿米巴原虫，还是鱼类的时候，我们挣扎着离开海洋，没让重力给压垮。刚在地面站住脚我们就挣扎着要站立起来，不让重力压垮我们的脊梁，努力地独立行走、奔跑而不要摔倒。十多亿年来，重力一直将我们束缚在地面上，用云朵、清风、菜蛾和蝗虫来嘲笑我们。正因如此，今晚才会如此的重要……这将是重力时代的终结，我们都会记住这个时代。我不知道他们会从何处来划分这个时代。是从波斯人梦想着飞毯的时候来划分，

当玫瑰开花的时候

119

还是从中国人发明节庆用的焰火时算起。或者，这个时代将从下一个小时的某一分钟开始。但是，在这个荣耀的时刻，结束了十亿年来的努力，结束了一个如此久长的时代，在这个时候，我们都是其中的一分子。"

三分钟……两分五十九秒……两分五十八……

"但是——"妻子说，"我还是不明白这究竟是为什么。"

两分钟，他想。准备好了吗？准备好了吗？准备好了吗？无线电问讯。准备好了！准备好了！准备好了！嗡嗡作响的火箭传来微弱的回答。检查无误！检查无误！检查无误！

今夜，他想，即使这第一次尝试失败，我们也还会发射第二艘、第三艘飞船，会踏上前往其他行星的旅途，不久的将来，就是其他的恒星。我们会一直继续，就像"永恒"和"不朽"这两个词语所表达的意思一样。这就是我们所要的。持之以恒。自从舌头可以在嘴里移动的那一刻起，我们就在问，这一切意义何在？只要死亡还在，就没有其他更有意义的问题。就让我们迁移向那成千上万个环绕着其他恒星运行的行星吧，到时候，这个问题自然就会消失。

人类将会永生不朽，就如同这宇宙一般。人类将会继续生存，就如同这宇宙。个体还是会死去，但是我们的历史将会变得无限久远，直到未来终结，伴随着长久以来积累的知识，我们将会得到长久以来那个问题的答案。生命是一种恩赐，但至少我们可以保护、传递这种恩赐，直到永远。这是个值得争取的目标。摇椅在草地上轻轻地摇动。

一分钟。

"一分钟。"他大声说。

"哦！"妻子忽然攥紧了双手，"希望罗伯特——"

"他会平安无事的！"

"哦，上帝啊，保佑——"

三十秒。

"看吧。"

十五、十、五。

"看！"

四、三、二、一。

"那儿！那儿！哦，在那边！那边！"

他们都叫了出来，两个人都站了起来。摇椅摇向身后，倒在了草坪上。男人和他的妻子摇摆着，激动地紧握着彼此的手。他们看到了天上的那束亮光，十秒钟后，明亮的上升彗星点亮了空气、使得星星黯然失色，随后又像其他星星一样隐没在银河中作为报偿。

男人和妻子紧握着彼此的手，就好像他们忽然发现自己正站在悬崖边，前面就是无底的深渊。抬起头，他们听到了自己哭泣的声音。很久很久，他们都说不出话来。

"走了，飞走了。是吧？"

"是……"

"一切正常，是吧？"

"是……是……"

"没有掉下来……"

"没有，没有，一切正常，罗伯特没事，一切正常。"

最终，他们互相走开了一段距离。

他摸了摸自己的脸，看着湿漉漉的手指。"我一定是糟透了，糟透了。"

他们又等了五分钟、十分钟，仰望着星空，直到空气中的盐粒让眼睛觉得难受才闭上眼睛。

"那么——"她说，"我们进去吧。"

他动不了，只有他的双手还在移动，握住了割草机的手柄。看到自己的动作后，他说，"还差一点点……"

"但是都已经看不见了。"

"还可以。"他说，"一定得弄完。然后我们在门廊再坐一会儿，

当玫瑰开花的时候

之后再进去。"

他帮着妻子把摇椅搬进门廊，让她坐下来，然后又走回草坪，握住割草机的手柄。割草机，大轮子套小轮子，握在手中的简单机器。想着自己那简单的哲学，推在前面走的机器。火箭，热浪和寂静。转动的轮子，然后是这夜晚轻柔的脚步。

我有十亿多岁了，他告诉自己；但我只刚刚诞生了一分钟，我有一英寸，不，一万英里高。我低头看不到自己的脚，因为它们离得太远。

他推着割草机。碎草屑像雨滴一样包裹着他；他品味着，觉得自己就是全人类的代表，正在最后一次沐浴着青春之泉的泉水。

沐浴着这泉水，他又一次想起了那首关于轮子、信仰和恩典的歌。上帝正站在云端，看着亿万颗群星中那一颗勇往直前的星。

他修整完了整片草地。

奶 奶

她是个女人，手里拿着扫帚、簸箕、抹布或是汤匙。你看她早上哼着歌儿切馅饼皮，中午往餐桌上送新出炉的馅饼，黄昏收拾吃剩的冷馅饼。像个瑞士摇铃，手叮叮当当地把瓷杯摆放整齐。又像个真空除尘器，一阵风走过每一间屋子，找出没弄好的地方，把它弄整齐。她只需手执小泥刀在花园里走上两趟，花儿就在她身后温暖的空气中燃起颤巍巍的红火。她睡得极安静，一夜翻身不到三次，舒坦得像一只白色的手套，但是天一亮，手套里插进了一只精力充沛的手。她醒着时总像扶正的画框一样，把每个人都弄得端端正正。

可是，现在呢？

"奶奶，"大家都在喊，"祖奶奶。"

现在她仿佛是一个庞大的数学式子终于算到了底。她填满过火鸡、家鸡、鸽子的肚子，也填满过大人、孩子的肚子。她洗擦过天花板、墙壁，照顾过病人和孩子。她铺过油毡，修理过自行车，上过钟表发条，烧过炉子，在一万个痛苦的伤口上涂过碘酒……回顾她所开始、进行、完成的30亿件大大小小的工作，归纳到一起，最后的一个小数加上去了，最后的一个零填进去了。现在她手拿粉笔，退出了生活，她要沉默一个小时，然后便要拿起刷子，把这个数字擦去。

"我来看看，"奶奶说，"我来看看……"

她不再忙碌了。她绕着屋子不断转来转去，观看每一样东西。最后，她到了楼梯口，谁也没有告诉一声便爬上了三道楼梯，到了她的屋子，拉直了身子躺下，准备死去，像一个化石的模印打在越来越冷的雪一样的被窝里。

"奶奶！祖奶奶！"又有声音在叫她。

她要死了。这消息从楼梯间直落下来，像层层涟漪，荡漾进每一间屋子，荡漾出每一道门，每一个窗户，荡漾出榆树掩映的街道，来到苍翠的峡谷口上。

"来呀！来呀！"

一家人围到她的床前。

"让我躺躺吧。"她轻声说。

她的病痛任何显微镜也查不出来。那是一种轻微的然而不断加重的疲倦，一种压在她那麻雀样身上的朦胧压力。困倦了，更困倦了，困倦极了。

她的孩子们和孩子们的孩子们仿佛觉得她如此简单的动作——世界上最轻微的动作，不可能引起这样严重的恐慌。

"祖奶奶，听我说，你现在不过是在闯过难关。这屋子没有你是会塌的呀！你至少得让我们有一年的准备时间。"

祖奶奶睁开了一只眼睛，90年的岁月像是沙尘鬼从迅速撤空的屋顶上的窗口飘了出来，静静地望着她的医生。

"汤姆呢?"

汤姆被送到她那悄声低语的床边。

"汤姆，"她说，声音微弱而辽远。"……汤姆，当你看到同样的西部英雄在同样的高山顶上跟同样的印第安人打仗的时候，那就是离开座位往剧院大门走的时候了，你必须毫不留恋，不要回头。因此，我也该在看得津津有味的时候离开剧院了。"

第二个被叫到身边来的是道格拉斯。

"奶奶，明年春天叫谁去给房顶换木瓦呢?"

从有日历以来，每年四月你都以为听见啄木鸟在啄屋顶。不，那是奶奶心醉神迷地哼着小曲在钉钉子，是她在九霄云里给房顶换木瓦!

"道格拉斯，"她细声细气地说。"不觉得盖屋顶挺有趣的人就别让他去盖。"

"是，奶奶。"

"到了四月，你向四面看看再问：'谁愿意盖屋顶去?'谁脸上放出光彩你就叫谁去，道格拉斯。在房顶上你可以看到全城的人往乡下走，乡下的人往天边走，往波光粼粼的小河边走；还看得到清晨的湖泊，脚下树梢上的小鸟。最舒畅的风在你周围呼呼地吹。这些东西哪怕只是为了一样，也值得找一个春天的黎明往风信鸡那儿爬一趟。那是很动人的时刻，只要你有机会去试试……"

她的声音低弱了，像在轻轻地颤动。

道格拉斯哭了。

她鼓起劲来。"哎呀，你哭什么?"

"因为，"他说，"你明天就不在了。"

她把一面小镜子转向孩子。"……道格拉斯，你真丢脸! 你剪手指甲了吗?"

"剪了，奶奶。"

"你的身子每七年左右就全体更新一次，指头上的老细胞，心上的老细胞都得死去，新的细胞长出来。你不会为这个哭吧？不会为这个难过吧？"

　　"不会的，奶奶。"

　　"那么，你想想看，孩子。把那剪下的手指甲收藏起来的人不是个傻瓜吗？你见过把蜕去的蛇皮保存起来的蛇吗？今天躺在这里的我也就跟手指甲和蛇皮差不多，一口气就能把我吹得片片飞落。重要的不是躺在这儿的我，而是那个坐在床前回头望你的我，在楼下做晚饭的我，躺在车房汽车底下的我，在藏书室里读书的我。"

　　"起作用的是这许许多多的新我。我今天并不会真正死去。人只要有了家就不会死了，我还要活许久许久。一千年后会有多得像一座城市的子孙，坐在橡树树阴里啃酸苹果。谁拿这种大问题来问我，我就这么回答他！好了，快把别的人也都叫进来吧！"

　　全家人来齐了，站在屋子里等着，像是在火车站给旅客送行。

　　"好了。"祖奶奶说。"我在这儿。很荣幸看见你们围绕在我床边，满心欢喜。下一周该让孩子们给园子松土和打扫厕所，也该买衣服了。既然你们为了方便起见称之为祖奶奶的那一部分我不会在这儿督促你们了，我的另外的部分，你们称作贝特大伯、里奥、汤姆、道格拉斯等等的部分，就要接过我这项工作。每个人都会有自己的工作。"

　　"是的，奶奶。"

　　"明天不要举行什么告别仪式，也不要为我说些动听的话。这些话我在自己的日子里已经满怀骄傲地说过了。一切食物我都吃过了，一切舞我也跳过了。现在我要吃下最后一个我还没尝过的糕饼，用口哨吹出最后一曲我还没吹过的小调。但是我并不害怕。我还真感到好奇呢！我要把它吃得干干净净，不会在嘴边给死亡留下一点点碎屑。不要为我难过。现在，你们都走吧，我要去寻找我的梦了……"

门在某个地方静静地关上了。

"我好过一点了。"在温暖雪白的亚麻布和毛毯铺就的被窝里，她感到舒适宁静。贴花被子的颜色和往日马戏班的旗帜一样斑驳陆离。她躺在那儿，感到自己还很小、很神秘，好像80多年前的某些早晨一样。那时她一觉醒来，在床上心满意足地伸伸她的嫩胳膊嫩腿。

很久很久以前，她想，我做了一个梦，做得正甜时却不知叫谁弄醒了——那就是我出生的日子。现在呢？我来想想看……她的心又回到过去。那时我在哪儿？她努力回忆。我到哪儿去寻找那失去的梦？它的线索在哪儿？它是什么模样？她伸出一只小手。在那儿！……是的，那就是它。她微笑了。她在枕头里转动转动脑袋，让它更深地埋进温暖的雪堆里。这样就好些了。现在，是的，她看见它在她心里静静地形成，平静得像沿着蜿蜒无尽的岸滩流淌的海洋。她让那久远的梦碰了碰她，把它从雪堆里举起，让她从那几乎被遗忘的床上飘了起来。

在楼下，她想到，他们在擦银器，在清理地窖，在打扫厅堂。她听得见他们在屋子的每一个角落生活。

"好的。"奶奶小声地说，梦把她飘了起来，"像生活中每一件事一样，这是恰当的。"

大海把她送回到岸滩边上。

作者简介 ◆

沃尔特·惠特曼

（1810～1892）

美国诗人，其主要作品有《草叶集》、《战争的回忆》等。

海边幻想

甚至在我还是个孩子时，我就幻想、希冀着，写一个东西，也许是一首诗，关于海岸——那提示着、分割着的线条，接触，联合，固体与液体联姻——那奇怪的、潜伏着的什么东西（正如每个客观形式最后都变成主观精神一样确凿无疑），它意味着远比最初看见的要多，这般壮丽，混合着真实和理想，彼此构成了对方的一部分。时辰，日子，我在长岛的青春和早年，我徘徊在罗克威岛或科尼岛的海岸，或是向东去到汉普顿或蒙托克。有一次，在蒙托克（在古老的灯塔旁，四周目力所及之处什么都没有，只有大海在动荡起伏），我记得很清楚，我觉得有一天我一定要写一本书，表现这个液体的、神秘的主题。结果，我忘记了任何特殊的抒情诗、史诗或文学方面的企图，海岸成了我的写作中一种无形的影响，一种弥漫着的尺度和标准。这里，允许我给青年作家们一点提示。我不能肯定，但是，除了海和岸以外，我也不自觉地用同样的规律来对待其他的力量——躲避它们，不用诗歌去表现它们，太伟大了，不能用正规的方式处理——如果我能间接表明我们曾经相遇过、融合过，哪怕仅仅是一次，我也非常满足了，那已经足够——我们已经真正彼此吸收，彼此理解了。

当玫瑰开花的时候

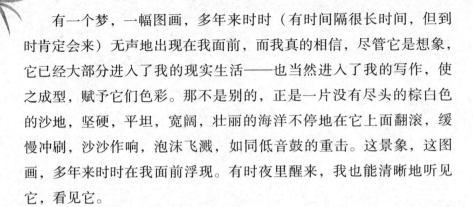

有一个梦，一幅图画，多年来时时（有时间隔很长时间，但到时肯定会来）无声地出现在我面前，而我真的相信，尽管它是想象，它已经大部分进入了我的现实生活——也当然进入了我的写作，使之成型，赋予它们色彩。那不是别的，正是一片没有尽头的棕白色的沙地，坚硬，平坦，宽阔，壮丽的海洋不停地在它上面翻滚，缓慢冲刷，沙沙作响，泡沫飞溅，如同低音鼓的重击。这景象，这图画，多年来时时在我面前浮现。有时夜里醒来，我也能清晰地听见它，看见它。

作者简介 ❖

斯蒂芬·李科克

（1869～1944）

加拿大幽默作家。其主要作品有《文学的失误》、《我发现的英国》等。

我们是怎样过母亲节的

——一个家庭成员的自述

在最近提出来的所有各式各样的意见中，我认为，一年过一次"母亲节"这个主意要算最高明了。难怪五月十一日在美国正在成为一个人人喜爱的日子，而且我还相信，这样的想法也一定会蔓延到英国去。

在我们这样一个大家庭里，这个想法特别受欢迎，所以我们决定为"母亲节"举行一次特别庆祝。我们觉得这是个好主意，它使我们大伙儿都体会到：母亲为我们成年累月地操劳，她吃足苦头和付出牺牲，全都是为了我们的缘故。

因此，我们决定把这一天过得痛痛快快的，成为全家的一个节日，我们要做一切我们力所能及的事情让母亲高兴。父亲决定向办公室请一天假，好在庆祝节日时帮帮忙，姐姐安娜和我从大学请假回家，妹妹玛丽和弟弟维尔也从中学请假回来了。

我们的计划是，把这一天过得像过圣诞节或别的盛大的节日一样隆重，我们决定用鲜花点缀房间，在壁炉上摆些格言，以及诸如此类的事情。我们请母亲安排格言和布置装饰品，因为在圣诞节她是经常干这些事情的。

两个姑娘考虑到，逢到这样一个大场面，我们应该穿戴得最最漂亮才合适，于是她们俩都买了新帽子。母亲把两顶帽子都修饰了一番，使它们显得挺好看。父亲给他自己和我们兄弟俩买了几条带活结的丝领带，作为纪念母亲这个节日的纪念品。我们也准备给母亲买顶新帽子，不过，她倒是似乎更喜欢她那顶灰色的旧无檐帽，不喜欢新的，而且两个女孩子都说，那顶旧帽子，她戴了非常合适。

早饭后，我们作了一个出乎母亲意料之外的安排，我们准备雇一辆汽车，把她载到乡下去美滋滋地兜游一番。母亲一向是难得有这样一种享受的，因为我们只雇得起一个女佣人，在家里母亲几乎就得整天忙个不停。不然，如今乡下正是风光明媚的时节，要是让她驱车游逛几十哩，度过一个美好的早晨，这对她来说可真会是莫大的享受。

但是，就在当天早晨，我们把计划稍微修改了一下，因为父亲想起了一个主意，与其让母亲坐在汽车里逛来逛去，倒不如带她去钓鱼更妙。父亲说，出租汽车么，雇了一样得花钱，我们何不利用它又游玩又开到山上有溪流的地方去钓鱼呢。就像父亲说的，如果你只是驱车出游而没有一个目标，那么你就会有一种漫无目的之感；可是如果你要去钓鱼，前面就有个明确的目标，能提高你的兴致。

我们大伙儿都感觉到，对母亲来说，有个明确的目标会更好些；再说，不管怎样，父亲昨天刚好又买了一根新钓竿，这就更自然而然地使他想起钓鱼来了。他还说，要是母亲愿意的话，她还可以使用那根钓竿；真的，他说过，钓竿实际上是给她买的。不过母亲说，她宁愿看着父亲钓鱼，她自己却不想钓。

这样，我们便为这次旅行做好了一切安排，我们让母亲切了些夹心面包片，为了怕我们肚子饿，还准备了一顿便餐，当然中午我们还要回到家里来吃一顿丰富的正餐，就像过圣诞节和新年那样。母亲把所有的东西都给我们收拾齐全，放到一只篮子里，准备上车。

唉，车子到了门口的时候，不料汽车里面看来并没有我们想象的那么宽敞，因为我们没有把父亲的鱼篓、钓竿以及便餐估计在内，显然，我们没法儿都坐进车里去。

父亲叫我们不必管他，他说他留在家里也很不错，而且他相信他能利用这段时间在花园里干点活儿；他说那里有一大堆他可以干的粗活和脏活，比如挖个垃圾坑什么的，这就免得雇人来干了，所以他愿意留在家里；他说我们也用不着顾虑他三年来一直没有过个一个真正的假日这回事；他要我们马上出发，快快活活地过个节，不要为他操心。他说他能够整天埋头干活，而且真的，他还说，本来，他想过个什么节就是想入非非。

不过，当然我们全都觉得，让父亲留在家里可绝对不行；特别是，我们都知道，他果真留下来的话，准会闯祸。安娜和玛丽姐妹俩倒也都乐意留下来，帮着女佣人做中饭，只是，在这样一个美好的日子里，她们买了新帽子不戴一戴，未免太使人扫兴。不过，她们都表示，只要母亲说句话，她们就都乐意留在家里干活。维尔和我本来也愿意退出，但不幸的是，我们在准备饭菜上，却是一点忙也帮不上。

因此，到最后，决定还是母亲留下来，就在家里痛痛快快地休息一天，同时准备午饭。反正母亲不喜欢钓鱼，而且尽管天气明媚，阳光灿烂，但室外还是有点儿凉，父亲有些担心，要是母亲出门，她没准会着凉的。

他说，当母亲本来可以好好地休息的时候，如果他硬拉她到乡下去转悠，一下子得了重感冒，他是永远不会原谅自己的。他说，母亲既然已经为我们大伙儿操劳了一辈子，我们有责任想方设法让她尽可能安安静静地多休息会儿。他还说，他之所以想到出门去钓鱼，主要的是这么一来就可以给母亲一点安静。他说年轻人很少能体会到，安静对于上了年纪的人有多么重大的意义。关于他自己，他总算还够硬朗，不过他很高兴能让母亲避免这一场折腾。

于是我们向母亲欢呼了三次之后就开车出发了。母亲站在阳台上，从那里瞅着我们，直到瞅不见为止。父亲每隔一会儿就转身向她挥手，后来他的手撞在车后座的边上，他才说，他认为母亲再看不见我们了。

嗯，我们把汽车开到美妙无比的山冈中行驶，度过了最愉快的一天。父亲钓到了各式各样的大鱼，他敢肯定，要是母亲来钓的话，她是无论如何也拽不上来的。维尔和我也都钓了，不过我们钓的鱼都不及父亲钓的那么多。至于那两个姑娘呢，在我们乘车一路去的时候，她们碰到不少熟人，在溪流旁边她们还遇到几个熟识的小伙子，便在一块儿聊起来。这一回，我们大伙儿都玩得痛快极了。

我们到家已经很晚，快到下午七点了，不过母亲猜到我们会回来得晚，于是她把开饭的时间推迟了，热腾腾的饭菜给我们准备着。可是首先她不得不给父亲拿来手巾和肥皂，还有干净的衣服，因为他钓鱼时总是弄得一身肮里肮脏的，这就叫母亲忙了好一阵子，接着，她又去帮女孩子们开饭。

终于，一切都齐备了，我们便在最最豪华的筵席上坐下来，有烤火鸡和圣诞节吃的各种各样的好东西。吃饭的时候，母亲不得不屡次三番地站起来，去帮着上菜、收盘，再坐下来吃；后来父亲注意到这种情况，便说，她完全不必这样忙来忙去，他要她歇会儿，于是他自己便站起身到碗橱里去拿水果。

这顿饭吃了好长的时间，真是有趣极了。吃完饭，我们大伙儿争着帮忙擦桌子，洗碗碟，可是母亲说她情愿亲自来做这些事，我们只好让她去做了，因为这一次我们也总得迁就她才行。

一切收拾完毕，已经很晚了。睡觉之前我们全都去吻过母亲；她说，这是她有生以来过得最最快活的一天。我觉得她眼里含着泪水。总之，我们大家都感觉到，我们所做的一切得到了最大的报偿。

作者简介 ◆

米斯特拉尔

（1889～1957）

智利女作家。其代表作有散文集《孤寂》、《柔情》、《白云朵朵》等。

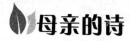

母亲的诗

被吻

我被吻之后成了另一个人：由于同我脉搏合拍的脉搏，以及从我气息里察觉的气息，我成了另一个人。如今我的腹部像我的心一般崇高……我甚至发现我的呼吸中有一丝花香：这都是因为那个像草叶上的露珠一样轻柔地躺在我身体里的小东西的缘故！

他会是什么模样？

他会是什么模样？我久久地凝视玫瑰的花瓣，欢愉地抚摸它们：我希望他的小脸蛋像花瓣一般娇艳。我在盘缠交错的黑莓丛中玩耍，因为我希望他的头发也长得这么乌黑卷曲。不过，假如他的皮肤像陶工喜欢的黏土那般黑红，假如他的头发像我的生活那般平直，我也不在乎。

我远眺山谷，雾气笼罩那里的时候，我把雾想象成女孩的侧影，一个十分可爱的女孩，因为也可能是女孩。

但是最要紧的是，我希望他看人的眼神跟那个人一样甜美，声音跟那个人对我说话一样微微颤抖，因为我希望在他身上寄托我对那个吻我的人的爱情。

当玫瑰开花的时候

智慧

我现在明白，二十年来我为什么沐浴阳光，在田野上采摘花卉。在那些旖旎的日子里，我常常自问：和煦阳光，如茵芳草，大自然这些美妙的恩赐有什么意义？

像照射一串发青的葡萄那样，阳光照射了我，让我奉献出甜美。我身体深处的小东西正靠我的血管在点滴酝酿，他就是我的美酒。

我为他祈祷，让上帝的名字贯穿我全身的泥土，他也将由这泥土组成。当我激动地读一首诗时，美的感受把我燃烧得炽热，这也是为了他，因为我希望他从我身上得到永不熄灭的热情。

甜蜜

我怀着的孩子在熟睡，我脚步静悄悄。我怀了这个神秘的东西以来，整个心情是虔诚的。

我的声音轻柔，仿佛加上了爱的弱音器，因为我怕惊醒他。

如今我的眼光在人们的脸上寻找内心的痛苦，以便别人看到并了解我脸色苍白的原因。

我小心翼翼地拨动鹌鹑安巢的草丛。我轻手轻脚地走在田野上。我相信树木也有熟睡的孩子，所以低着头在守护他们。

姐妹

今天我看见一个女人在干活。她的腰像我的一样因爱情而充实，她弯着身子在地里劳动。

我抚摸她的背，带她一起回家。她将从我的杯子里喝稠厚的奶浆，分享我回廊下的凉爽，她也因爱情而孕育。如果我的乳汁不够慷慨，我的孩子可以把嘴唇凑上她丰满的乳房。

祈求

但是不会的！上帝既然让我腰围宽大，怎么会使我的乳房枯竭？

我觉得胸脯在增长，像池塘里的水无声无息地涌冒。它丰满的轮廓在我腹部投下了影子，仿佛向它作出许诺。

如果我的乳房不能湿润，山谷里还有谁比我更贫困？

妇女们晚上把杯子放在户外承接露水，我把胸脯袒露在上帝面前；我给上帝起了一个新的名字：我管他叫充实者，我祈求他赐给生命的琼浆。我的饥渴的孩子会来寻求。

敏感

我不再在草地上游戏，我怕同姑娘们玩秋千。我仿佛是树上挂果的枝条。

我身体软弱，今天中午在花园里，玫瑰的香气都使我感到眩晕。随风飘来的歌声，残阳抹在天际的红霞，都使我不安，使我痛苦。今晚我主人如果冷冷地看我一眼，也会使我伤心透顶。

永恒的痛苦

如果他在我身体里受罪，我会苍白失色；我为他隐秘的压迫感到痛苦，我看不到的人稍一活动可能要我的命。

可是你们别以为我只在怀着他的时候，才跟他有千丝万缕的联系。当他下地自由行走的时候，即使离我很远，抽打在他身上的风会撕裂我的皮肉，他的呼号会通过我的嗓子喊出。我的哭泣和我的微笑都以你的脸色为转移，我的孩子。

为了他

为了他，为了像草丛下的细水流一样熟睡的他，别损害我，别叫我干重活。我讨厌食物，厌恶声响，这一切都请原谅。

暂且别对我说家里的悲哀、贫困和烦恼，这一切都等我把他裹在襁褓之后再告诉我。

我前额，我胸口，你能摸的地方，他都存在。他会发出呻吟，

如果受了伤害。

宁静

我已不能在外面走动：我为肥大的腰身和深陷的眼眶觉得害羞。可是把花盆拿到这来，放在我身旁，久久地弹奏齐特拉琴：我要在美妙中沉浸。

我对熟睡的他诵读永恒的诗句。我在回廊里一小时又一小时地晒太阳。我要像果实一样，酝酿甘美的汁液，让它甜到我心底。我让松林里吹来的风抚拂我的面庞。

阳光和风使我的血液鲜红清洁。为了净化血液，我不让自己憎恨、抱怨，只让自己充满爱情！

我在这种宁谧安静中织成一个奇妙的身体，有血管、面孔、明亮的眼睛和纯洁的心灵。

白色的小衣服

我织了小不点的鞋子，裁了柔软的尿布。我希望这一切由我亲手来做。他从我身体里娩出，会辨认我的气息。

绵羊柔软的绒毛，今年夏天特地为他剪的。八个月来，绵羊把它长得轻柔蓬松，一月的月亮使它变得洁白，里面没有夹杂牛蒡或黑霉的小刺。他睡在我的身体里肯定象睡在绒毛上一样松软。

白色的小衣服！他通过我的眼睛看到这些衣服，觉得柔软极了，露出了微笑……

大地的形象

以前我没有见过大地真正的形象。大地的模样像是一个怀里抱着孩子的女人（生物偎依在她宽阔的怀抱）。

我逐渐明白了事物的母性。俯视着我的山岭也是母亲，黄昏时分，薄雾像孩子似的在她肩头和膝前玩耍。

现在我想起了溪谷。溪底的流水给荆棘遮住，还看不见，只听得它潺潺歌唱。

我也像溪谷；我觉得细流在我深处歌唱，被我身体的荆棘遮住，还没有见到光亮。

致丈夫

丈夫，别搂紧我。你使他像水里的百合似的在我身体深处浮起。让我像静水一样呆着吧。

爱我吧，多给我一点爱！我多么娇小，将同你形影不离；我多么可怜，将另给你眼睛、嘴唇，让你享受世界的乐趣；我多么脆弱，爱情将使我像陶罐一般坼裂，倾泻出生命的美酒。

原谅我吧！我步履蹒跚，替你端酒时笨手笨脚；是你把我充实成现在的模样，是你使我的行动变得这么怪里怪气。

比以往任何时候更亲切地对待我吧。别热切地搅扰我的血液，别激动我的呼吸。

如今我只是一幅纱幕；我整个躯体只是一幅有个孩子在底下睡觉的纱幕！

母亲

我妈妈来看我，她坐在我身边，我们有生以来第一次像姐妹似的谈论未来的大难关。

她用颤抖的手抚摸我的肚子，轻轻地解开我的上衣。经她的手触摸，我觉得我的内心像含羞草缓缓舒展，乳汁的波浪涌上胸脯。

我臊红了脸，不知所措，向她诉说我的苦恼和忧虑。我扑到她胸前，又成了一个小姑娘，为了生命的恐惧在她怀里啜泣！

告诉我，妈妈……

妈妈，把你以前的苦恼统统告诉我。告诉我，镶嵌在我身体里的小身体是怎么出生的。

当玫瑰开花的时候

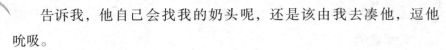

告诉我，他自己会找我的奶头呢，还是该由我去凑他，逗他吮吸。

妈妈，现在把你知道的爱的学问讲给我听。教我新的爱抚方式，比丈夫的爱抚更温柔。

在以后的日子里，怎么替他洗小脑袋，怎么包裹才不会把他弄痛。

妈妈，教我唱你以前哄我入睡的摇篮曲。那支歌比别的歌更能使他睡得香甜。

黎明

我折腾了一宿，为了奉献礼物，整整一宿我浑身哆嗦。我额头上全是死亡的汗水；不，不是死亡，是生命！

上帝，为了让他顺顺当当出生，我现在管你叫做无限甜蜜。

出生了吧，我痛苦的呼吸升向黎明，和鸟鸣汇合！

神圣的规律

人们说，经过生育，生命在我身体里受到了削弱，我的血像葡萄汁从压榨机流出；可我只觉得像是吐了一口大气，心头舒畅！

我自问道："我是谁，膝头能有一个孩子？"

我自己回答说：

"一个怀着爱的人，在被吻时，她的爱情要求天长地久。"

大地瞧我怀抱着孩子，为我祝福，因为我像棕榈一样丰饶。

作者简介 ◆

佩德罗·普拉多

生卒年不详

智利作家。其代表作有《当玫瑰开花的时候》等。

当玫瑰开花的时候

老园丁培育出了许多许多品种优良的玫瑰花。他像蜜蜂似的把花粉从这朵花送到那朵花去，在各个不同种类的玫瑰花中进行人工授粉。就这样，他培育出了很多新品种。这些新品种成了他心爱的宝贝，也引起了那些不肯像蜜蜂那样辛勤劳动的人的妒羡。

他从来没有摘过一朵花送人。因为这一点，他落得了一个自私、讨人厌的名声。有一位美貌的夫人曾来拜访过他。当这位夫人离开的时候，同样也是两手空空没有带走一朵花，只是嘴里重复嘟囔着园丁对她说的话。从那时起，人们除了说他自私、讨人厌之外，又把他看成了疯子，谁也不再去理睬他了。

"夫人，您真美呀！"园丁对那位美貌的夫人说，"我真乐意把我花园里的花全部都奉献给您呀！但是，尽管我年岁已这么大了，我依旧不知道怎样采摘，才能算是一朵完整而有生命的玫瑰花。您在笑我吧？哦！您不要笑话我，我请求您不要笑话我。"

老园丁把这位漂亮的夫人带到了玫瑰花园里，那里盛开着一种奇妙的玫瑰花，艳红的花朵好像是一颗鲜红的心被抛弃在蒺藜之中。

"夫人，您看，"园丁一边用他那熟练的布满老茧的手抚摸着花朵，一边说，"我一直观察着玫瑰开花的全部过程。那些红色的花瓣

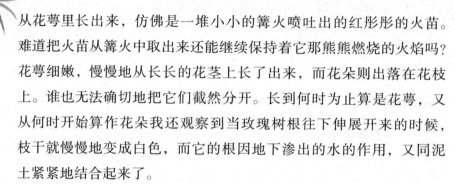

从花萼里长出来，仿佛是一堆小小的篝火喷吐出的红彤彤的火苗。难道把火苗从篝火中取出来还能继续保持着它那熊熊燃烧的火焰吗？花萼细嫩，慢慢地从长长的花茎上长了出来，而花朵则出落在花枝上。谁也无法确切地把它们截然分开。长到何时为止算是花萼，又从何时开始算作花朵我还观察到当玫瑰树根往下伸展开来的时候，枝干就慢慢地变成白色，而它的根因地下渗出的水的作用，又同泥土紧紧地结合起来了。

"如果我连一朵玫瑰花该从那儿开始算起都不知道，那我怎么能把它摘下来送给他人？要是硬行把它摘下来赠送给别人，那么，夫人，您知道吗？一种断残的东西其生命是十分短暂的。

"每年到了十月，那含苞待放的玫瑰花蕾绽开了。我竭力想知道玫瑰是从什么地方开始开花的。我从来也不敢说：'我的玫瑰树开花了。'而我总是这样欢呼着：'大地开花了，妙极啦！'

"在年轻的时候，我很有钱，身体壮实，人长得漂亮，而且心地善良，为人忠厚。那时曾有四个女人爱我。

"第一个女人爱我的钱财。在那个放荡女人的手里，我的财产很快地被挥霍完了。

"第二个女人爱我的健壮的体格，她要我同我的那些情敌去搏斗，去战胜他们。可是不久，我的精力就随着她的爱情一起枯竭了。

"第三个女人爱我的英俊的容貌，她无休止地吻我，对我倾吐了许许多多情意缠绵的奉承话。我英俊的容貌随着我的青春一起消逝了，那个女人对我的爱情也就完结了。

"第四个女人爱我的忠厚善良。她利用我这一点来为她自己谋取利益，最后我终于看出了她的虚伪，就把她抛弃了。

"在那个时候，夫人，我就像一株玫瑰树上的四朵玫瑰花，四个女人，每人摘去了一朵。但是，如果说一株玫瑰树可以迎送一百个春天的话，那么一朵玫瑰花却只能有一个春天。我那几朵可怜的玫瑰花，就是如此这般地、一旦被人摘下，也就永远地凋零了。

"自此以后，从来没有人在我的花园里拿走过一朵采摘的花。我对所有到我这花园来的人说：'你什么时候才能不热衷于那些被分割开来的、残缺不全的东西呢？假如你真能把每件事物的底细明确地分清楚，假如你真能弄清玫瑰长到何处算作花萼，又从何处开始算作花朵的话，那么，你就到那玫瑰开花的地方去采摘吧！"

作者简介 ◆　　　　墨西哥女作家，著有长篇小说、短篇小说、诗

玛丽娅·恩里凯达·
卡马利略·德佩雷拉

（1872～1968）

歌、散文多部。

郁　金　香

　　透过一扇窗子，人们可以看到很多东西。我就曾经坐在自家的窗前，一面绣着花边，一面目睹了女邻居的罗曼史。

　　我的邻居是一个织花边的女工。她人长得漂亮，但家境贫寒。她有两个追求者和一株栽在蓝瓷花盆里的郁金香。

　　我邻居和我住的那条街很背静，所以既无车辆来往，也很少有行人。过往人等全是当地的住户。像巴黎所有的街巷一样，那条街很窄，几乎每家的阳台上都挂有色彩鲜艳的宽红边遮阳布帘。

　　前面已经说过，我的邻居很穷，所以，她家的阳台上没有挂帘子。不过，太阳并未能阻止姑娘时常到阳台上去照看她的郁金香。

　　那株没有几片叶子的柔弱小花，是我邻居时刻记挂在心的事情。每天晚上她都把它搬进卧室，怕它会受到北风的摧残；清晨再重新搬出来；中午阳光炽烈的时候，她就用一小块麻布给罩起来。她不时地跑进跑出，不是掸去沾染枝叶的尘土、摘掉偶然发现的枯叶，就是浇水、捉虫。

　　在当地的条件下，郁金香是长不好的，只有在炎热的地方，它才能长得枝繁叶茂。正是由于这个原因，我的邻居才对她的花盆那么精心地加以照料。早在好几个月之前她就把种子埋进了土里，直

到现在它才初具样子，开始抽芽发枝，尽管还很柔弱、单薄，但毕竟还是就要开花了。

从姑娘挨近花盆时脸上流露出来的欣喜神态，我猜想这株花的枝头一定已经长出了第一个花骨朵儿了。

后来，我从这位漂亮的女工跟她楼上的邻居——她的追求者之一——的谈话中得到了证实。

"您一定非常高兴吧。几个月的苦心总算有了结果。很快您就能亲手摘下一朵美丽的郁金香啦。您打算把它和您的心一起送给谁呢？"

姑娘非常羞怯地回答：

"可能什么人也不给，我决不会把这朵朝思暮想的鲜花给摘下来的。它应该就在原来的枝头上凋谢。我还没有蠢到那种地步，让自己花费的如此巨大的心血毁之于一个短暂的瞬间。这是一个原因啰，再说，我还没想过要把我的心和这朵郁金香一起送给别人呢。"

"您瞧，我的好邻居，时间不饶人哪。春天已经到了，这可是谈情说爱的大好时机。您看那些小鸟，没有一只是独自飞翔的。您再瞧瞧这些花盆，全都在开花了。还有什么可说的呢？就谓您这迟迟不开的郁金香吧，今天，终于结了一个花骨朵儿。我的好邻居！您就可怜可怜我吧，您就痛痛快快地答应接受我做您的丈夫吧！"

女工的脸上泛起了红晕。

"您需要的不是妻子，而是理智。"

"如果您爱我，我就会有理智的。"

姑娘楼下的邻居是一个拘谨而又漂亮的小伙子，此刻，也正好站在自家的阳台上。他听了两个人的对话之后，皱了皱眉头，但却没动声色，因为他也爱着那个花边女工。

我是在绣花的时候，从窗口发现这个不善交际的小伙子的秘密的。不过，时至今日，他和心中的恋人一共也没有说过几句话。

我觉得他既腼腆又内向，既敏感又多情。

很久以前，我偶然发现，有一次，他趁女邻居不在的空隙，把一封信扔到了她的阳台上。

他是否收到了回信，我不得而知；不过每当姑娘来到阳台上的时候，他几乎连仰起头来跟她表示爱慕之情的勇气都没有，只能简单的寒暄几句。

"天气真好，小姐！"

"是啊，真好；对我的郁金香来说，可真是再好不过了。"

"您不再为它担心啦？"

"不啦，已经不担心了，现在它长得可好啦，又长出了两片叶子。"

"谢天谢地，您总算如愿了。您为这株花可真是操尽了心啊！"

"是啊，的确是这样，我把空闲时间全搭上了。"

"您的空闲时间实在少得可怜，小姐！我看您太辛苦了……有时候，已经很晚很晚了，我还见您房里的灯光映在对面的墙上。您会累病的。"

"不会的，我身体很好。上帝会保佑我的。"

"但愿如此。"

小伙子的声音微微发颤，美好的憧憬使他的眼睛显得更加美丽。可是，姑娘却没法看到他眼神的含义，因为他已经闭上了眼睛。

"回头见，先生。"姑娘说着转身走进屋里。

"回头见，小姐。"

这种一向质朴的谈话，给我留下了极好的印象。

我的女邻居的确太忙。我总是看见她手里拿着编织针，不停地织呀、织呀，简直就像一只不知闲的小蜘蛛。她织出来的花边是多么轻巧、多么精美啊！……真可以说，仿佛一阵风就能吹破。一会儿是条边，一会儿是荷叶边，一会儿方，一会儿圆。丝线在她手中的活计上面宛如蝴蝶一般随意飞舞，看着它，真会觉得眼花缭乱。姑娘用她那双巧手麻利而又熟练地摆弄着根根丝线，又是穿、又是扯、又是捋。丝线也真听话，总是乖乖就范。

姑娘整天忙碌。她有时候嘴里哼着歌儿，有时候我又觉得她是在凝神沉思，好像手头碰到了难题。

楼下的邻居显然是放心不下，总是默默地仰望着她的阳台。

楼上的邻居却老是兴高采烈、笑容可掬，也常常低头注视着同一个地方，并且总能找到甜言蜜语和姑娘搭讪：

"您的脸蛋儿越来越漂亮，真像是两朵盛开的玫瑰。"

姑娘进进出出，虽然没有直接对答，但唇边却笑意盎然。

这位风流少年可能最后如愿吗？

这是谁也说不清楚的。姑娘还没有表露她的心愿，不过，这位小伙子却老是在用话语、用笑脸、用炽热的眼神把她纠缠。

在姑娘专心致志地编织着花边的同时，小伙子正在巧妙地铺排着俘获她的情网。这已经是由来已久的事情了。他能成功吗？谁知道呢？

我的女邻居终于盼来了这个欣喜的时刻：今天早晨花苞绽开了，一朵美丽的郁金香，红得像是一团炽烈的炭火，迎着春光展开了自己的花瓣。

姑娘喜不自胜，第一次忙中偷闲，心醉神迷地站在那初放的花前。

我坐在自己的屋角里分享着她的欢乐，尽量不引起姑娘的注意。她楼下的邻居也一定非常高兴，不过，他不在家。这是我从他那关着的阳台玻璃门上知道的。可是，她楼上的邻居却赶上了，如同表述大家的喜悦心情一般，连连发出赞叹：

"太好了！太好了！现在咱们来好好庆祝一番！郁金香开花了。求求您，我的邻居……把这朵花送给我吧！我每天都在算着它开花的日子，比您还着急呢。它是属于我的，我有权得它。您要是不给我，我也会把它偷到手的。它属于我，因为我爱您。街上没有人，谁也听不见。让我再说一遍：我爱您，我喜欢您，我崇拜您！把花送给我吧，我的好邻居！请您把它给我吧，否则，我就从这儿下去自己动手摘啦!"

小伙子说得很坚决，看样子要贸然采取行动。姑娘像一只受惊的鸽子一样犹豫不决，她满面绯红，两手颤抖，虽然这样，但她的唇边和眼角却似乎流露出某种满意神情……

"邻居，快把花给我!"

他的语气像是命令，不过，却又非常得体，强制之中包含着并未尽言的柔情蜜意。

"快点，快点！会有人来的。快把花给我……要不，我马上就从这儿下去自己动手啦!"

姑娘恳求地仰起脸，想要自卫；但是小伙子却投给她火一般深情目光。这还不算，他还做出了想要从阳台下来的样子。

姑娘被吓坏啦，终于屈服了。她走到花盆跟前，摘下花扔到楼上，然后就跑进卧室，隐没在屋子里了。

楼上的邻居得意地拾起了花朵，热切地吻了一下，就插进了衣领上的扣眼里。他先是哼起轻快的小调，没过一会儿，就随身带着那朵花从家里走了出去。

这时，我难过地想着那朵刚刚开放就被摘了下来的郁金香。同时也凄然想起……不过，我的痛苦与我邻居的罗曼史毫无关系；那么，咱们还是只讲有关她的事情吧。

那位幸运的小伙子走后不久，美丽的姑娘就又来到阳台上用麻布罩起了花盆，因为阳光又变得火辣辣的了。

这真是一个令人欢快的明媚早晨。整个天空犹如一顶硕大无朋的蓝缎华盖。

这时候，那位一大早就出了门、整个上午都没露面的楼下邻居，突然出现在阳台上了。

姑娘一看见他，就轻轻地发出了一声惊叫，我也跟着叫了一声……因为，这位急匆匆赶回来的人手里拿着一朵鲜红的郁金香……

姑娘和我都感到困惑不解，期待着……

"小姐，"小伙子恭恭敬敬地仰起脸说，"今天早上我出门以前，看到您的花盆里开出了第一朵花，可当我现在回来的时候，却非常痛心地发现它被扔到了街上。这条街上只有您养着郁金香，所以我猜想这是您的；后来看到花盆里果然没有花了，知道这花确实是您的，一定是风把它吹落到了街上；幸好我来得及时，才能把它捡回来还给它的主人。您拿去吧，小姐；如果您愿意，我就上楼给您送去。"

小伙子的脸上带着质朴的甜蜜神情。当他举目凝望女友的时候，眼睛里闪烁着温柔的光芒。小伙子手举郁金香站在阳台下面，真是一幅情趣无穷的图画。

当楼下邻居说话的时候，姑娘心中真是百感交集。她脸上流露出惊奇、气愤、鄙夷和轻蔑的表情，不过，此刻却似乎又满含着一片柔情，带着甜蜜的笑意。

小伙子还憨厚地站在那里重复着：

"小姐，这是您的郁金香；如果您愿意，我就上楼给您送去。"

然而，结果姑娘却说：

"不，不，先生，不要给我啦；如果您喜欢，那您就留下吧……"

"那怎么行！"小伙子怯生生地说，"我可以把这朵花留下？"

她也羞涩地回答：

"对，您可以留下，我希望您把它留下……"

两个人都不再说话了，这时，正有一群欢快的燕子唧唧喳喳地从街上飞过，好像是在为此时此刻唱着赞歌。

作者简介

夏目漱石

（1867～1916）

日本小说家。其代表作除《我是猫》外，还有《哥儿》、《心》、《明暗》等。

猫 的 墓

移居到早稻田以来，猫渐渐的瘦了，同孩子们嬉戏的气色全然没有。太阳射着屋宇，便去睡在廊下。在摆好了的前足上，载着方形的颚，凝然地眺望着庭里的树，许久许久没有见着它动，孩子虽是在旁边怎样的吵闹，只装作不知道的脸色。在孩子，早就没有把它当作对手了，只是说，这猫不足以当作嬉戏的同伴了，却把旧友委托于他人之手了。不仅孩子，连女仆除了仅仅把三次的食物放在厨房的角落里给它之外，大抵总不去理睬它的。那食物多半被邻近的大的金花猫走来吃完，猫也别无发怒的样子，想要争吵的事也没有，只是悄然地睡着罢了。可是，它睡觉的式样，不知怎的，却没有余裕之态，和那伸长了身子、舒舒服服的横着身体领受日光的不同，因为没有可动的能力了——这样还不足以形容，懒怠的程度，是越过了某处。如果不动，自然是岑寂，动了更加岑寂，好像就这样忍耐着的样子。它的眼光，无论何时，都看着庭里的树，恐怕连那树的叶，树干的形，它都没有意识着吧，着青色的黄色眼瞳，只是茫然地盯着一处。它同家中的孩子不认它的存在一般，它自己似乎对于世中的存在也没有判然地认识了。

虽是如此，有时好像有事，也曾走到外面去。无论何时，都被近处的金花猫追赶，因为恐怖，便跳上走廊，撞破了破的纸窗，逃到火炉旁边来了。家中的人，留心它的存在，仅仅在这个时候，在它也只限于此时，把自己生存着的事实，满足的自觉了吧。

这样的事是屡次有的，后来，猫的长尾的毛渐渐脱落了。最初是这里那里虚疏地如孔一般地脱落，后来脱宽了现出红色的肌肤，看去可怜的萎然地垂下来，它压弯了的为万事所疲的身体，时时舐那痛苦的局部。

喂，猫怎样了，问了这样的话，妻子便非常冷淡地回答："呃，也是因为年老的缘故吧。"我也这样的没有理睬它。后来过了一晌，有一次，好像三次的食物都要吐出来的样子。咽喉的地方，咳着起了波纹，使它发出了要打喷嚏又打不出，要噎又噎不出的苦闷的声音。虽然它是苦闷，然而没有法子，只要觉察了，便把它逐到外面去，不然，在席子上、被头上，就要弄得无情的龌龊了。

"真没有法子，是肠胃有了病吧，拿一点宝丹化了水给它吃"。

妻什么也没有说。过于两三天，我问起拿宝丹给它吃过吗，答说，给它吃也不中用了，连口也不能开了。跟着妻又说明，拿鱼骨给它吃了，所以要吐的。那么，不要拿给它吃不好吗？稍稍严重地埋怨着，我就看书了。

猫只要不作呕，依然是和顺地睡着。这一晌，凝然缩着身子，好像只有支持它的身子的廊下是它的靠身似的，贴紧地蹲踞着。眼光也稍微改变了，在早是在近视线里，映着远处的物件似的，在悄然之中，有沉静的样子，后来渐渐奇异的动起来了。然而眼睛的颜色，却渐渐地凹下去了，好像是太阳已落，只有些微电光闪着的样子。我总是不理睬它，妻似乎也没有注意它，孩子自然连猫在家中的事也忘怀了。

某夜，它匍匐在孩子的被头的尽头，发出了与取去了它所捕着的鱼的时候相同的呻吟声。这时觉察了有变故的，只有我自己。孩子已经熟睡了，妻子正专心做着针线。隔了一会，猫又呻起来了，妻才停住了执着针的手。我说："这是怎的，在夜里啮了孩子的头，那才不了得呢。""不至于吧。"妻说时，又缝着汗衫的袖子了。猫时时呻吟着。

第二日。它蹲在围炉的边上，呻了一天。去倒茶或去拿开水壶，心里总觉得不舒服。可是到了晚上，猫的事，在我，在妻子，都完全忘怀了。猫的死去，实在就是那天晚上。到了早上，女仆到后面的藏物间去取薪的时候，已经硬了，它倒在旧灶的上面。

妻特意去看它的死态，并且把从来的冷淡改变了，突然骚嚷起来了。托了在家中出入的车夫，买来了方的墓标，说叫我为它写点什么。我在表面上写了"猫的墓"，在里面写上了"在九泉下，没有电光闪耀的夜吧"。车夫问道，"就这样埋了好么？"女仆冷笑道："不这样，难道还要行火葬么？"

孩子也忽然爱起猫来了。在墓标的左右，供着一对玻璃瓶，里面插满许多的荻花。用茶碗盛着水，放在墓前。花与水，每天都换着的。到了第三天的黄昏时，满四岁的女孩子——我这时是从书斋的窗子看见的———单独一个人，走到墓前，看着那白木的棒，有一些工夫，便把手里拿着的玩具的木勺，去酌那供猫的茶碗里的水喝了。这事不只一次。浸着落下来的荻花的水的余沥，在静寂的夕暮之中，几次的润湿了爱子的小咽喉。

在猫的忌日那天，妻子一定要拿铺有一片鲑鱼和鲣节鱼的饭一碗，供在墓前，一直到如今，没有忘记。只是这一晌，不拿到庭里去了，常是放在吃饭间的衣橱的上面。

子规的画

我只有一张子规的画。为了纪念亡友，我长时间地把它放在袋子里。随着时间的流逝，有时简直忘记它的所在。近来突然记起，觉得这样放置，若是有个搬迁挪移之事，稍一不慎，便不知会散失在什么地方。所以想立刻把它送到裱糊店里，裱一裱悬挂起来。抽出包装纸袋，掸去灰尘，打开一看，画还是按原来的样子，潮乎乎地叠作四折，放在那儿。在我的记忆中，袋子里除了画以外，什么都没有。可是，竟还从中发现了子规的几封信。我从中选出最后那封和另一封不知年月的短信。在两封信中间夹上那张画，把三者归拢到一块儿拿去裱褙。

画，是插在小花瓶中的关东菊。构图是极其简单的。旁边还加了注解："把它看作行将枯萎的吧；把这笨拙的画技，看成疾病所致吧；如觉得我是在撒谎，你就支着胳膊肘画画试试吧。"从这个注解来看，他自己并不觉得他的作品很好。子规在画好这幅画的时候，我已经不在东京了。他是给这幅画题了一首歌寄来熊本的："瓶生关东菊，菊花行将萎；君今在火国，不知何日归。"

此画挂在墙壁上，看上去实在令人感到寂寥。花、茎、叶和玻璃瓶，仅仅使用了三种颜色。开花的枝上，只有两个花蕾，数一数叶子，总共才有九片。这孤寂的花草，笼罩在一片白色里，再加上周围是用冷蓝色画绢裱褙的，无论怎样看，也让你觉得心里冷冰冰的吃不消。

看来，子规为画这幅简单的花草，是不惜巨大努力的。仅仅三枝花，至少费了五六个小时的时间。画得极其仔细，一丝不苟。费这么大的劲儿，不仅病中需要极大的耐心，即使以他那作俳句、和歌时挥洒自如的性情来讲，也是个明显的矛盾。因他学画画之初，从不折等人那里听到画画必先写生的道理时，他便在这一花一草上，打算加以实践。不知他在画画方面，是忘记了使用他俳句上已经谙练了的方法呢，还是缺乏这方面的本领。

由关东菊所代表的子规的画，既古拙又认真。在文笔上，凭才力他是可以一气呵成的。可是一接触到画具，却忽然变得呆滞僵硬

当玫瑰开花的时候

起来，笔锋畏畏缩缩，踟蹰不前。想到这里，我不禁微笑了。当子虚来看到这幅画时，他曾表扬说，正冈的画，这不是画得很好吗？我却不以为然。这画画得是那么单调而平凡，且又付出了那么多的时间和劳动；凭正冈的头脑和才气，干这心余力绌而又用不着干的工作，从而泛溢着他那掩抑不住的古拙。其画虽古拙，却有其朴实稳重之妙，古拙而苍劲，严肃而认真。正象征着其为人之刚耿和愚直。如果说子规的画虽拙犹美，使人钦羡不厌，也许其奥秘就在于此吧。然而，毕竟由于他腕下缺乏挥洒自如之巧，手中无运笔传神之妙；不能下笔点睛，迅即勾画出幽香雅境来，因此不得不舍弃捷径，而苦心孤诣地搞他的涂抹主义了。在这种情况下，一个"拙"字，对他来说，是怎么也难免的。

子规作为人，又作为文学家，是十分机敏的。在他的身上，很难发现"拙"的痕迹。在我和他交际多年的任何时候，从未记得他曾有过因"拙"而被人讥笑的先例。甚至连一瞬间都没有过。在他死后即将十天的今天，从他特地为我画的一束关东菊中，确实欣赏到他的"拙"相来。其结果，不论使我失笑，还是悦服，对我来说，都是有极大的兴趣的。只是这画却是异常冷落孤寂，凄寒袭人。如有可能，真想让子规为补偿这一冷落孤寂，把这一"拙"劲儿，发挥得更雄浑些。

作者简介 ◆

德富芦花

（1868～1927）

日本小说家、散文家。其代表作有《不如归》、《黑潮》、《自然与人生》等。

自然与人生 （四则）

大海日出

　　撼枕的涛声惊破了睡梦，起身敞开窗门。时间是明治 29 年 11 月 4 日的黎明，地点在铫子的水明楼。楼下紧临着浩瀚的东海。

　　虽是凌晨四时已过，海上仍然一片黑暗，只闻涛声高喧。眺望东方的天空，沿水平线横卧着一条熏桦木色的长带。在它的上面，是深蓝色的天空，一痕弦月宛如金色的弓悬挂在天幕上。那清澈的光辉，好似在守护着东海。左边黑魆魆的探出物是犬吠岬，岬顶上设着灯塔，灯光划着白色的光环，连接起陆地和海面。不久，冷冷的晓风横扫过黛色的大海，夜的衣裙从东方渐渐脱起，踏着青白色的"报晓"的波浪，一点点地逼来，其状伸手可掬。雪白的浪涛拍打着黝黑的岩石，这壮景也越来越看得分明。抬头仰望，那宛若金弓般的月亮已变成了一弯银钩，熏黑色的东方也逐渐染上了清澄的淡黄。在浩渺的大海上奔涌的波涛，腹部黝黑，脊背雪白，夜的梦虽然仍在海上徘徊，东方的天空却已启动了眼睑，太平洋之夜就要在此时醒来了。

　　曙光自然而然地宛如花蕾绽放、波环散漫，在天空和水上扩展开去。水越显得白，东方的天空越显得黄，弦月也好，灯塔也好，都淡离我而去，虽然相距有限，却不得见了。此时，一列尚未忘记使命的候鸟拖曳着啼鸣，从海面上掠过，于是大海的每一道波涛全都翘足而立，一起回首东方。一种有所期待的私语——无声之声在四周弥漫。

五分钟过去了，十分钟过去了。东方的天空喷射出金光，忽然间，一点猩红从大海的边际浮起，可惊可叹！太阳出来了。不容生得此念，呼吸已紧紧地屏住。只见那擎日的海神之手一动不动，那浮出水面的红点就在一瞬间拉成了金线，拱成了金梳，又收成了金蹄。随后是无所留恋地将身体一摇，跳出了水面。就在它告别大海而升起的时候，缓缓地将万斛黄金嗒嗒嗒地滴下，瞬间万里。当意识到那金光宛如长蛇迅跑过浩浩大洋，向这里涌来时，眼下的岩石骤然间卷起了二丈黄金雪。

相模滩的落日

在秋冬交替、空清风和的傍晚，站在海岸上远眺伊豆山头的落日，会使人不由地想到：世上竟然会有这么多宁静的时刻。

太阳从下落到全部隐没，只需要短暂的三分钟。

当太阳刚刚开始西落时，簇拥着富士山的相豆山脉，一片淡淡，宛若青烟。太阳唯有此时此刻才是真正的白日，白光灿灿，令人目眩，连山的姿影也模糊难辨了。

太阳下落着，相豆山脉渐渐地变成了紫色。

太阳继续下落，紫色的相豆山脉染上了金色的烟雾。

落日的身影刚刚流进海中，波光却已涌到站在岸边眺望者的脚下了。海上的船全都金光闪烁，豆子海岸的周围，无论山，无论沙，无论房，无论松，无论人，就连那横卧在岸上的鱼篓，散落着的稻草，也都在神奇地火一般的燃烧。

在这风平浪静的傍晚，观赏山头的落日，颇如侍奉于将逝的大圣身旁。庄严之极，肃穆之极，仿佛凡夫俗子也承蒙神的灵光的普照，骨肉之躯同大自然融化在一起，而那毕恭毕敬的灵魂却伫立在永恒的彼岸。

一种奇妙的东西融入心脾。说喜则过，说悲则不及。太阳越沉越低，当她笼挂于伊豆山头时，相豆山脉瞬间变成了艳蓝色，只有富士山巅仍然在透紫的底色上泛出一缕缕金光。

落日开始投进伊豆山峦的怀抱了。她沉落一分，浮在海上的身影便远退一里。她从容大度，一寸寸，一分分地悠然下落，那频频回首的样子，似乎是在留恋着别去的世间。

当只剩最后一分钟的时候，她猛然加速，刹那间挤作一弯眉毛，眉毛拉开，又瘦成一条直线，线又缩为一个点——随即彻底消失了。

举目太空，世上已经再也没有太阳，大地于顷刻间失去了光辉。大海和山峦似乎也都因之而黯然神伤。

太阳落了山，却又将余晖像金箭般喷射出来，君不见西天一片金黄？伟人长逝时的遗容也诚当如此吧。

太阳落后，富士山也旋即显得苍然。不一会儿，西边天宇的金黄色变成了朱红色，又变成了熏黑的桦木色，最后是深蓝色。被认作是太阳的遗子的金星，在渐渐暗下去的相模滩的上空眨着眼睛，好像是在约见明天的日出。

晨霜

我爱晨霜。因为它凛然、纯洁，因为它是朗朗晴日的使者。

清美者要首推白霜衬托着的朝阳。

某年12月末的一个早晨，我路过大船户家附近。这是一个罕见的降霜之晨，田地里，房屋上，到处都好像是下了一层薄雪，连村庄附近的竹丛、常青树等也都是一色银白。

不一会儿，东方的天空透出了金色，杲杲旭日冉冉升起，没有一丝一缕云彩的搅扰。亿万条金线普照着田野人家。晨霜皎皎，仿佛是银河光芒闪烁。人家、树丛、田地及中央堆放的稻草，乃至从只有几寸的地面抬起的草鞋，所有的一切都向着太阳，只有背光的地方呈着紫色。目之所及，无不是白光紫影，在紫影中晨霜逐渐显得朦胧，大地全部变成了紫色的水晶块。

有一位农夫，在晨霜的原野正中烧着稻草。青烟蓬然而上，继而扩散开去，遮蔽了阳光。青烟所到之处随即变成了白金色，然后又渐渐变浓，最终，那青烟也染上了淡淡的紫色。

从此后，我爱晨霜之情便与日俱深。

杂 树 林

从东京西郊到多摩河之间，有几座山丘和几道山谷，几条小路沿山谷而下又爬过山丘，曲曲弯弯地向前伸去。山谷有的被填平成了水田，好像那里有条小河，河边零星可以看到水车。山丘大多被开拓成旱田，于是出现了被分割成这儿一堆那儿一丛的杂树林。

我爱这杂树林。

树的种类有枹、榛、栗、栌等，枹树应该为最多。大树很少见，多是些从树墩上簇发的幼枝，树下几乎全都铺盖着奇美的杂草，比那挺立的红松林、黑松林还要秀丽的翠顶遮挡着碧空。实可称之为罕见之景。

每逢到了霜降后收萝卜的季节，那一层层的黄叶如缎似锦，令人无意再羡枫林。

待到树叶落尽，那一片寒林宛如千万柄手杖刺向冰冷的天空。日落后，夕烟遍地，树梢上的天空变成淡紫色，月亮升起，大如银盘。

春天来了，当淡褐、淡绿、淡红、淡紫、嫩黄等柔美的色彩刚开始竞相孕育新生的时候，樱花为何却已独自怒放？

请在绿叶繁茂的时节漫步林中吧，每一片叶子都满载着阳光。如果你摘一片碧玉般的绿叶遮在头上，那么你的脸便会变成绿色；倘若你要小睡，那么你的梦也一定会被染得透绿、透绿。

到了青头菌繁生的季节，除了杂树林的老朋友胡枝子开始吐蕾外，还有败酱草、黄背草它们也在林中纷生。大自然在这里创造了一个百草园。

月夜自然美妙，然而无月也不妨，请来此林中度过一个风露之夜吧。那时你会听到松虫、铃虫、蟗虫、蟋蟀的大合唱，那歌声如丝丝细雨流入你的耳中，自有一番置身虫笼的妙趣。

作者简介 ◆   日本小说家。其主要作品有《海道》、《结

三浦哲郎   婚》等。

（1931～ ）

母亲的消息

昨天，乡下的母亲给我来电话，说东京这里怕是用不着棉外褂。让送回乡下去。正赶上管电话的妻子出门了，是大女儿接完电话转告给我的。

"什么棉外褂?"女儿问。

大女儿和几个妹妹不同，她是在乡下而不是在东京的医院出生的。或许是母亲抱着带大的缘故，母亲的一口家乡话她大体都能听懂。但有时也会遇上听不惯的词，就给难住了。

母亲说的"棉外褂"就是厚厚地絮了很多棉花、不带翻领的棉袄。每年到了秋季，母亲都亲手做好，寄到东京来。即使在外，我工作的时候，光穿贴身汗衫，外面不加和服就感到不踏实。母亲做的就是套在工作时穿的和服外面的棉外褂。

母亲到6月1日就满80岁了，但仍然自己做针线活儿。虽然不能像从前一样做夹衣跟和服短褂了，但像家常外褂和小孩的夏衣之类的衣物，不要别人帮助还是能做的，甚至连穿针引线也都是自己来。一次纫不上，便把老花镜架在鼻梁上纫它几回，即使我回乡去看她，坐在她身边，也从来不叫我帮她纫。我看不过去，说："来，我给您纫!"母亲就显出难为情的样子，呵呵地笑着说："真的，这阵子，眼睛不中用啦。"

由于母亲的眼力不好，做成一件棉外褂需要很长时间。入夏一个月后的盂兰盆节，我们全家回乡，差不多该返回东京的时候，母亲就像忽然想起什么似的，从某个地方找出我的棉外褂。开始拆洗重做。

"不絮那么多棉花也行啊，东京没有这儿冷。"

我每次都这么说过之后才回去，可是到了11月打开母亲寄来的快件邮包一看，同往年一样，棉花絮得鼓鼓囊囊的。

记得小时候，母亲坐在居室草席上铺开棉被或棉袍絮棉花。我望着轻柔的棉絮飘落在母亲的双肩上，我想，多像棉花雨啊！而此时，想必母亲如同往日一样正在为我絮棉外褂。眼下乡下已是下霜季节，母亲感到后背凉飕飕的，所以才不知不觉把外褂的两肩絮厚的吧。不管怎么说，母亲做好这件外褂不容易，我就穿着它过上一冬。其实即便不穿棉外褂，这四五年来我已胖得发蒸，再套上它，自然就更显得圆钻轮墩了。这副打扮实在见不得人，不过在家里还倒没有什么妨碍。

也许在被炉旁长大的缘故，我对暖气或火炉之类总觉得难以适应。整个房间暖起来就头晕发困。因此，至今入冬后也还是只生被炉。可是即便是东京，深冬的黎明时分，外面的寒气也会侵袭双肩和后背。在这种时候，有这件棉外褂可就管用了。穿上母亲做的棉外褂，无论多么冻（我的家乡这么形容刺骨的冷风）的夜晚，两肩和后背都不会觉得冷。在被炉上打个盹儿也好，和衣睡一觉也好，都不会感冒，夜里穿它出来，还能顶件短大衣呢。

棉外褂的布料大部分是母亲穿旧的和服。母亲已年近80，那些和服大体上花色都浅了一些，不过想穿还是可以穿的。母亲把这些和服拆开给我做棉外褂。做好后，就用包裹寄来，包装里肯定会有封信，上面像记录似的写着这是用什么时候穿过的和服翻改的，曾穿着它到什么地方去过之类的话，末尾还注上一笔："还是挺不坏的东西呢。"

看上去料子确实是上等货。无奈已经很旧了，加上我毫不吝惜地当工作服穿，每到开春，袖口和下摆就都磨破了，腋窝的里子也绽了线，衣襟磨得油光，棉花打成了细小的球儿从后背和肩头冒了出来。

每到春天，我都想：这棉外褂的寿命该结束了，便送回乡下去。可到了秋天，母亲又翻改好寄来，干净利落，焕然一新。同以往一样，棉花絮得满满当当。

我问和母亲通了电话的大女儿，"别的，还说了些什么？"

"奶奶在电话里说：'这回你们又蒙我，我可难过了。'"大女儿告诉我母亲是这么说的，"声音可没劲呢，奶奶好像不大行了。"

我听后笑了笑，摇摇头说："不过，那是没办法的事啊。"

听我这么说，大女儿也摇摇头："是啊，没办法呀。"

母亲近来身心不佳。她长期以来一直是病魔缠身，心脏不大好，轻微的心绞痛也时常发作。直到四五年前一收到邀请她来的信，母亲还能立刻乘上十来个小时的长途火车来到东京。如今连这也做不到了。

看上去，母亲并不显得比从前弱多少。听说，从前当问医生去东京住几天是否可以时，医生会立即回答说："请去吧。"而且还总是按在东京住的天数给她药。而最近，却同情地说："恐怕太勉强了。"还说，想去的话去也成。但对后果可负不了责任。母亲本来觉得没什么了不起，但对于长途旅行的结果当然自己也没个谱。生怕给周围的人带来麻烦，便只在乡下家中转悠了。

大女儿降生时，母亲 67 岁。母亲说："我在这孩子上小学前不会死。"孩子上了小学，又说小学毕业前不会死。实际上母亲都如愿以偿了，如今大女儿小学毕了业。母亲也许是感到了疲惫和衰弱，这回没说等到中学毕业，只说想看看大女儿去参加中学的开学典礼。

"如果实在想来的话，就请来吧。"我们这样给母来回了信，当时决定由妻子去乡下接。然而，没想到今年初春的寒气在母亲身上引起了反应，加上 3 月中旬，住在新县小千谷的一个叔父突然去世的消息，又是一次打击。

这个叔父是庆应义塾大学毕业的医生，年仅66岁就患心肌梗塞突然故去。叔父搬到小千谷之前，曾在横滨的鹤见区住过很久，我的哥哥和姐姐们受到过他的不少照顾。今年秋天，我本打算一步步踏着匆匆为自己结束生涯的哥哥和姐姐们的足迹，写一本长篇小说来记载我一家血统的历史，所以有许多情况要问这位叔父。当我从小千谷的堂妹那里得知叔父病故的消息时，便感到茫然了。

"噢，告诉您一个不幸的消息……您是坐在椅子上吧？"我用电话告诉母亲。闲谈了一会之后，又叮问了一下，才传达了叔父的讣告。

母亲发出了低低的悲声，但又出乎意料地用沉着冷静的声音告诉我吊唁时要注意的事情，并托我给叔母和堂妹带个口信，接着是一阵沉默。当我又开口讲话时，母亲说，听筒正紧紧地贴着耳，说话别那么大嗓门。然后又突然讲起了年轻的一件往事。

这是件没什么意思的往事：叔父健在时，母亲每次到东京，叔父都请她吃冰激凌。有一回因为太凉，吃不惯，母亲不住地咳嗽起来。

"阿吉（叔父叫吉平）还老笑话我吃冰激凌咳嗽是山巴郎哪。"

像唱歌似的母亲的声音渐渐微弱了，突然又传来放下话筒的声音。

"山巴郎"大概就是山巴佬吧。我们家乡是这样称呼山里人的！

从那以后，母亲完全丧失了精神。看样子实在无法到东京来了。于是，我决定春假期间全家一起回乡下去看她。车票已买好，也通知了回家的日期，可就在出发前两天，二女儿突然发高烧病倒了。

为此，回乡的事只好作罢。母亲说我们骗她，指的就是这件事。本想这回把穿破了的棉外褂随身带回去，可现在却依然放在身边。恐怕母亲是在一怒之下，才叫赶快寄回去的。

母亲做针线活儿时总爱在嘴里含上末茶糖，我买了一袋放进棉外褂里。我一面打包，一面想：即使这样，过些日子也要回趟家。

世界散文精品集丛书

作者简介 ❖　　　日本作家。其代表作有小说《源叔父》、诗集
《独步吟》和散文《武藏野》等。

国木田独步

（1871～1908）

空知川畔

一

我在札幌逗留了五天，虽仅五天，却增添了我对北海道的眷恋
之情。

我生长在我国领土中人口稠密的中原，看惯了用人力把山野开
垦殆尽的景象，一见东北平原，已使我产生复返大自然之感，及至
来到北海道，怎能不心情激动呢。尽管札幌是北海道的东京，但满
目的北国风光，简直让我入迷。

9月25日晨，从札幌出发，我只身前往空知川沿岸。倘在东京，
此时还是残暑时节，而我已穿上冬装，可见这里早进入深秋，朔风
凛冽的寒冬迫在眉睫。

此行的目的是调查空知川沿岸，并与北海道厅的官员会晤，商
议选定土地的事宜。然而我对地理很不熟悉，又不清楚道厅官员在
沿岸的确切地址，在札幌的熟人也寥寥无几，所以是怀着忐忑不安
的心情姑且以空知太为第一站，乘上了火车。

石狩的原野低云弥漫，从车窗向外眺望，高山、原野无处不显
示出大自然的伟力，但对之既无所谓爱，亦无所谓情，眼前只是一
片荒凉。寂寞、冷峻而又宏伟的景色，就好像在嘲笑人类的无能和

虚幻。

　　一个面色苍白的青年，把脸藏在外套的领子里，默默地坐在车窗旁的一隅。同车厢里的人们会怎样看他呢？人们的话题是农作物，是山林，是土地，是怎样从这无限的富源中淘出黄金来。他们中间，有的人一边斟着酒，一边高谈阔论；有的人叼着香烟谈笑风生，而且他们大多是初次见面。然而却有一个青年人并不加入到他们中间去，孤单一人默默不语，沉湎于他自己的空想之中。他从未想过怎样生活在这社会当中，只不断地苦思冥想着怎样寄此生于天地之间。故此在他的眼里，同车的人好像是另一世界的人，他感到与众人之间有一条不可逾越的深沟大壑。他认为现在火车载着人们和他冲过石狩之野，这正如他的一生一样。啊——真孤单呀！他自己力求生活于社会之外，而内心却又因孤独而感到难耐。

　　如果今天是个秋高气爽、晴空万里的好天的话，我这抑郁不快的心境也许可以大为舒展。但那云雾愈益低垂，林木为所笼罩，无论看什么地方也无一线光芒，致使我沉浸在难忍的忧愁之中。

　　当火车开抵一个由这里换车去歌志内煤矿的什么车站时，车中一大半的人下了车，剩下的除了我只有二人。火车穿过几千年来人迹罕至的原始大森林，直线前进。一团又一团的灰漾漾的迷雾，忽而出现，忽而消散，它们像是有生物默默地浮动不已。

　　"您到哪儿去？"突然有个男人对我说话了。此人年过四十，骨骼粗壮，长头发，四方脸，大鼻子，双目炯炯有神，是个与人一见如故的人。看那派头，非官、非工、非农、非商，是在北海道首次见识到的一类人物。这便是在任何未开发区固定要有的那么一些飞扬跋扈的冒险家。

　　"我想到空知太去。"

　　"是给道厅办事儿？"他把我看成了北海道厅的小吏。

　　"不，我是去选定土地的。"

　　"哦——，在空知太您想选定什么地方可不知道，不过，特好的

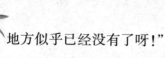

地方似乎已经没有了呀！"

"怎么样？从空知太能去空知川沿岸吧？"

"大概能去吧，但得说是空知川沿岸的什么地方……"

"在和歌山县移民团呆的地方，有派到那里去的两位官吏。我计划到那儿去，我想反正先到空知太，到那再打听。"

"是么，您到空知太以后，请到三浦屋旅店去一趟，那里的店主清楚这类事情，向他打听就行。因为还没修路，往那一带去，大概非得绕大圈儿不可，对初来乍到还不习惯的人来说，困难不少呀。"

接着，他谈起开垦土地的困难，因地区不同，遭遇的困难也迥异。由于交通不便，好不容易到手的收成弄不到市场上去，还有使唤佃户的方法等都有困难。这些事，我已从在札幌的朋友那里听说过，我只能感谢他的一番好意，无论他说什么我都洗耳恭听。

不多时，火车开到一个萧索的车站，便停滞不前了，我也便下了车。下车后一看，在这里下车的人总共不过二十来人。火车就从这里折回。

这小火车站宛如包围在森林中间的一个孤岛，除了附属于车站的两三所房子，其余皆与人类无关。汽笛长鸣的声音在森林中回荡着，渐渐远去，终于消失了。这里复又成为万籁俱寂的孤岛。

有三辆公共马车等在站前。人们默默地换乘到马车上去。我也和前面说过话的男人一起坐上了一辆马车。两匹骡子般的大北海道马拉着车，赶车的是个健壮的青年，拉着六位客人，不知去向地朝前奔跑起来。而我的心也正好是信马由缰，漫无目标。其实若问我何处去，即便是自己问自己，也回答不出。

三辆马车拉开距离，各车相隔一丁左右。因为我坐的这辆车殿后，前面的车忽高忽低地颠簸在凹凸不平的路上的样子，看得一清二楚。雾气掠过树林，飘过土道，又进入树丛。被秋霜染得通红的树叶离枝飘落，两片三片地随车飞舞。车夫猛地用力抽打一鞭，喊道：

“下坡了！”

“在三浦屋前面停一下！”刚才的男人喊了一嗓子，回头看看我。我用眼神致意，感谢他的好意。车上的几个人一语不发，各自陷入沉思状态。车夫又是用力的一鞭，随即吹起了喇叭，身材不高的这个北海道健儿赶着车飞快地奔驰起来。

林木渐疏，刚看得见殖民的小屋一所两所地出现，便倏地进入了平原。在宽阔的道路两旁，稀稀拉拉地排列着好似商店的房屋，无疑这便是新开地的市街。在雄壮的喇叭声中，马车在房屋中间的路上飞驰。

二

一到三浦屋，我马上叫来店主，打听到空知川沿岸去的路径，并把此行的目的告诉了他。可是，照店主的说法，倒不如绕回歌志内，从那里翻山更加捷便。

“坐下趟火车天黑可到歌志内，今晚在歌志内住一宵，第二天打听好路然后再上路才好。歌志内与这里不同，那里也有道厅的人员，您所说的叫什么井田的先生呆的地方，他们大概也会知道的。”

听他所说似乎很对。原来我以为沿着空知川畔走，是打听我想见的道厅官吏井田某人最简便的办法，所以才来到空知太的。然而从空知太去空知川畔，如无人带路是去不了的，而且尚未开出一条称得上路的路来，这一点从三浦屋主人的嘴里才算知道。于是我听从店主人的忠告，决定绕道歌志内。到下趟火车来还有两个多小时，我只好一个人在三浦屋的二楼上呆呆地等着。

往外眺望，是漫漫的平原。这里那里留下许多砍伐后的大树桩子。它们也许因为这里风强，全都变成赤裸精光的了。只有极少的黄叶仍抱着树枝不放，但也眼见得在纷纷飘落。随着风势转猛，下起雨来。远处为云雨所遮蔽，模糊不清。立在眼前的槲树高达三丈，那大叶子在风吹雨打中发出令人生厌的声音。路上没有一个行人。

当玫瑰开花的时候

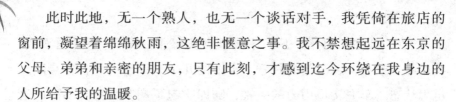

此时此地，无一个熟人，也无一个谈话对手，我凭倚在旅店的窗前，凝望着绵绵秋雨，这绝非惬意之事。我不禁想起远在东京的父母、弟弟和亲密的朋友，只有此刻，才感到迄今环绕在我身边的人所给予我的温暖。

男儿立志追求理想，发出宏愿要在森林中寻找自由天地之时，决不可有书生懦弱之气，我在心中一再自勉。总而言之，对理想要冷静，对人则要温厚，自然严酷而难近，人寰则令人怀恋而适于筑巢。

我闷闷不乐地度过两个小时。雨稍稍转小，远处便传来了喇叭声。探出头去一看，冒着如丝的斜雨，一辆马车疾驰而来。我离开三浦屋，重又坐进这辆马车，朝先前下车的车站驰去。

火车上的乘客寥寥无几，我那车厢只我一人。孤单一身并不好受，欲待换到别的车厢去，但随即打消此念。斜倚在因阴雨和迷雾而发暗的车厢一角，茫然望着在暮色中云雾飘来荡去，随着车动，林木画着弧形向后移去。此时，人往往会进入万念俱空的境界。既无利害得失之念，亦无瞻前顾后之虑；既无恩爱之情，亦无憎恶之恨；既无失望，亦无希望，只是空无所思地目视耳听。旅途劳乏已极，任凭火车摇晃着身躯，奔赴那既无缘又无故的陌生地方。这时刻，那些不期而遇地映入眼帘的景色，也会深印脑际，多年不能忘怀。我现在凭窗目睹的飘荡的浮云和白桦林，便是这样的景物。

火车驶抵歌志内的溪谷时，已是雨过天晴、日薄西山的时刻。我全然不知是否有旅店可住，心中毫无把握地走出了车站。这里到底不愧是养活着几千名矿工，簇集着几百户人家的狭小山谷，竟还有两三个旅店的接客人候在那里。我让其中一人领着，经过石多而灯暗的街道，走进一所二层楼的客店。当受到店主的妻女用乡下话表示由衷的欢迎时，招人喜欢，连我也微笑了。

吃过晚饭，店主人不请自来地走进我的房间。我马上讲了我此行的目的，希望得到他尽可能多的帮助。他面带微笑倾听着我的话。

"请稍候，我想起点事儿。"他这么说了一句，就离开了房间。

不多时又返回来。

"真是天缘凑巧。您请放心吧！全清楚了。"就像是他自身的事一样，喜形于色地就了座。

"弄清楚了吗?"

"弄清楚了，全清楚了。从四天前有位旅客住在我这店里。这位是管皇室所有地的，前些时为察看山林到处转，因为常在野外露宿，搞垮了身子，由我们照料来的。是位叫做筱原的先生。因为听他说过来这前一天是在空知川的，所以想到他说不定会知道，我去一问，就打听出来了。道厅派来的人，一过山，就住在山下的小房子里。请放心吧！从这儿去不过一里左右，不算什么，早晨去，晌午前就能回来了呀。"

"那太谢谢了。这就放心了。现在他如果还住在那小房子里就好了。因为他一直在变换地方，所以连道厅也不知道呢。"

"没事儿，如果他换了地方，一问住在小屋里的人就行了。不会走得太远的。"

"明天一早就出发，您能给我找位带路的人吗?"

"是呀，山道岔路太多，还是该有个带路的。就带我家的男孩子去吧，是个十四岁的半大小子，到空知太的话，他认识，可以给您领路的。"

因为这位店主人处处都显得很热心，弄得我不知道该怎么谢他才好，也确实是有缘分，在我来说，如果住进别家旅馆，就绝对不会得到这么多的方便和照顾了。

这位店主人是个无论在何时都快活、胆大，而且有种目中无人的气概的人。他为人热忱，即便对于素不相识的我，也毫不吝惜地给予热情帮助，这好像是他的天性。对于以四海为家，所到之处皆乡里的人来说，凡是他到过的山山水水，见过的各式人物，就都是他的知己好友。他一旦见到别人有难，无论他是什么人，只要你不嫌我，立即表示同情，拔刀相助，像相交十年的老朋友一般。及至我打听他的身世以后，对于他，近于推测地也有了个大概的了解。

他在故乡，本是拥有可观的财产的人。可是他的两个弟弟对于该他继承的财产很眼红，终于发展成为骨肉为仇，兄弟阋墙。他七十岁的老父亲又喜爱两个年少的弟弟，动不动就逼着这哥哥分家。但如果三人均分的话，那么三个人就谁都无法维持生活。他说：

"所以我想，为这区区财物，兄弟之间你争我夺，实在是见识短浅，好吧，大部分给你们吧，只给我五分之一就行，我拿着它远走高飞，上北海道去。所以在我这小子九岁的那年，一家三口子就背井离乡跑到这儿来了。人这玩意儿，什么地方都能呆得了。"说完哈哈大笑。"可是更妙的是，两个弟弟现在把我分给他们的东西差不多都折腾光了。可还把那小村子当成无上宝地，我几次写信劝他们来北海道，也不肯来。"

我从此人之所言所行中获益匪浅。纵然这小旅店的主人，并不跟我想的人物一样，我所想的人物乃是加上我的空想幻化而成的，然而这店主人能自由自在、独立自主地在社会上生存，不为社会所压服；介于天地之间而有所安；昂首阔步于山海、原野、穷街陋巷而无所虑；虽浪迹天涯海角而闻其花之馨香，存其人情之温暖，好男儿确当如此。

这样一想，我的心胸大为开朗，从札幌到歌志内，我与云雾结伴，随秋雨而萎靡不振的心绪，到此刻宛如拨云雾而见青天一般。

晚十时左右，我外出漫步，夜空中流云甚速，只在云隙露出璀璨的星星。走出昏暗的街道，离开人家，隔着山谷，犹如屏风般黑乎乎挡在目前的育林山上空，一轮明月高悬。掠过山峰的浮云，不时地拂拭着山表。空气潮湿凝重，虽有夜风吹过，大地却寂然无声，唯有溪流潺潺流水声隐约可闻。我顺着一侧傍山、一侧临渊的斜坡道前行。刚刚来到一个稍高处的开阔地，突然传来丝竹、歌舞的喧闹声。

定睛一看，顺着山修建了一栋平房，对着它还有一栋。弹唱的声音就是从这平房里传出来的。一栋房分成几家，家家都紧闭拉门，拉门上映着灯光。丝弦紧奏，放声高歌，欢笑声，喊叫声，混杂在一起。这牛棚般的简陋小屋，说不定就是矿工们在深山幽谷的一隅寻欢作乐之所。

你沦落而为妓女，我沦落而为矿工，卖者、买者全都怀着人生若梦、及时行乐之心，狂歌乱舞。我走上通向平房的小径。雨后路上泥泞，水洼映着灯光。房子比从远处看还要寒酸。真正是新开地，无论房檐、拉窗、拉门，都是白茬木料的，即使在晚间也看得清清楚楚。低矮的房顶，拉门好像从平地直顶屋檐，歪歪斜斜，从缝隙可以窥见吊灯的灯伞。灯光映出光着膀子的莽汉宛似鬼影，披头散发的妓女犹如夜叉。有的屋子里，猛然爆发出哄堂大笑声，像要把地板震塌似的。"喝呀！""唱呀！""杀了你！""我揍你！"哄笑、吵闹、怒骂、欢呼、叱责，而悦耳的小曲儿中的词句令人断肠。三弦的曲调如幽如怨，如泣如咽，忽而变成暴风骤雨，忽又转为霏霏春雨。在欢声中带着杀气，在杀气中又含有血泪；哭像笑，笑像哭；怒即歌，歌即怒。啊——虚幻的人生哟！几年前，大熊酣睡、野狼出没的山谷，如今人类流落至此，淤塞于此，奔流于此，沉沦于此。月光冷冷地照射着这一切。

我走过之后，犹频频回首、伫立。突然，近处的一家拉开了拉门，出现一个男人。

"哎呀！月亮出来啦！"

看他那仰起的脸，约二十六七岁的样子，身高肩阔，是个壮实汉子。他用眼睛滴溜溜地四下张望一会儿，口里喷着酒气，咂着嘴，又晃晃悠悠地缩了回去。

三

翌日，9月26日晨九时，一个朴朴实实的孩子走在我的前面，

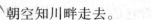

朝空知川畔走去。

阴晴不定的天气。看着尚有淡淡的阳光，瞬息间，山林中腾起迷雾，把山峰、树林、道路都蒙盖起来。山路比想象的好走。我和旅店的孩子谈论着各样的事，身心轻快地走着。

山间林木的叶子已完全变黄，槭树染上红色，有雾时，如同透过彩霞观花。在阳光的直射下，每片叶子上的露珠，如同万千的碧玉珍珠，整个的山都在闪闪发光。旅店的那孩子讲了空知川沿岸熊的事情，又讲了凭他那天真的童心听来的有关熊的传说故事。往下坡走。来到山白竹茂密处，他停住脚步，说：

"听见了吧！河里的流水声。"他侧耳仔细一听："喂，听见了吧！那就是空知川，就要到了。"

"好像快能看见了呀！"

"怎么能看见呢？它在森林里流呢呀！"

两人在没人高的山白竹中间的一条仅能容一人走过的羊肠小路上走了一阵子。遇见一位像农夫的老人。我向他打听道厅派出人员的住处。

"顺这条路走三丁左右，有一条新修的宽道，他就住在道右侧头一间小房子里。"老人说完就走了。

从歌志内出来到这里，遇到的人只有这位老人。路上也没看见有小房子。一看见这位老汉，我明白了在空知川沿岸已有一些开垦者进入。

走完山白竹丛中的小径，果然有一条料想不到的大道贯穿森林，呈一条直线。它的宽度大约有五间房以上。道两旁茂密的树林里，超过两丈高达三丈的大树居多。这条宽阔的大道，犹如连通铁路线的水渠。而当我看见它之后，便想象到热心于开发事业的道厅，筚路蓝缕，在开拓中遇到的重重困难。

留神一看，在大道尽头右侧，建有内地所没有的式样奇特的简易房屋。房子左右及背后的林木已被砍倒，开辟出小片平地。我顺利地在这小屋里见到了道厅的属官井田某人和另外一个人。

由于殖民课长事先已对他们仔细地介绍过情况，故此受到他们亲切的接待，拿我当成一个洽谈的对手。还有令人吃惊的是，他们一听我通名报姓，竟说早就知道我。我那芜杂不通的文章，却不料在边远的北海道的意想不到的地方还拥有读者。

两人听我谈完此行的目的后，摊开了空知川沿岸的地图，凭着他们丰富的经验和鉴别能力，从为移民们规划的一个区域的一万五千坪（一坪约等于3．3平方米）土地中，替我选定分布在这里那里的六块土地。

办完正事，话题转为闲淡。

看了一眼他们居住的房子，小房不过三四间，屋顶和周围的墙壁都是用剥下树皮的大木头搭起来的。只有地板用的是板子，在地板上铺着席子。出入的房门是一张树皮。这便是开垦者的巢穴、家园，不，是城郭。屋子的一个角上，砌了个长方形的大炉子，它是火盆，是炉灶，是烟灰盆，冬天又是暖炉。

"到冬天大概受不了吧？在这样的小房子里。"

"可是开垦者都是住在这种小房子里呀。怎么样？您能忍受得了吗？"井田笑着说道。

"精神准备是有的，可是到时候一定很困难吧？"

"倒也不是想象的那样。如果到了冬天觉得怎么也忍受不了时，像您这些个人逃到札幌去就是了。反正偎冬在哪儿都一样。"

"哈哈哈……那样的话，倒不如一开始就全托付给佃户，您自己在札幌一呆多好！"另外一位属官说道。

"太好了！太好了！如果一到冬天就往札幌跑的话，倒不如从一开始就待在东京从事开垦的好。我是什么都准备忍受的呀！"我表示了我的决心。

井田说："是呀，首先下雪的时候，就往炉子里多多填火，劈柴伸手就是，像您这样的人可以把书搬来用功呀！"

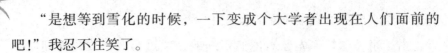

"是想等到雪化的时候，一下变成个大学者出现在人们面前的吧！"我忍不住笑了。

正谈话间，突然外面传来啪啦啪啦的声响，我出去一看，淡日放辉，乌云飘行，一阵晚秋雨洒过寂静的山林深处。

我把旅店的孩子留下，走出小屋，独自到附近散步。

实在是一条使人惊奇的道路。铲平千年的老林，用人力战胜自然，在无人之境修筑了一条平坦的大路。目所能及的地方，只见大路两旁全为森林所覆盖，无一个人影，无一缕炊烟，无一声人语，只有它寂寥地躺在这里。

我素知晚秋雨之声的凄凉，但从未尝受过从原始大森林上悄悄掠过的晚秋雨的凄苦滋味，它恍如幽寂的大自然在窃窃私语。置身于森林的深处而耳闻此声之人，有谁能不感到那对生物冷笑不止的大自然的无限威力呢。其实，怒涛、暴风、疾雷、闪电，都不过是大自然的虚张声势。其威力中对人最具震慑力者，是在它最沉寂的时刻。苍天高远，只是默默不语地俯视着下界，曾经是人迹罕至的森林深处，树上的一片枯叶风不吹而自落时，大自然打了哈欠说，"啊——我这一天又到日暮了。"就在这一刹那，人类的一千年飞逝而过。

我一边窥视着道两旁的树林，一边朝前走去，发现路的左侧有处树木稀疏的地方。分开树下的丛草往前走，偶一回头，竟已置身于森林深处，便在一棵横在地上的巨大朽木上坐了下来。

刚感到林中有些发暗，晚秋雨已刷刷地洒在高枝头上。刚想到雨来了时，雨又停住了。树林中万籁俱寂，鸦雀无声。

我朝森林里头暗处凝望了一会儿。

社会何在？人们所骄傲的祖辈传诵的"历史"何在？在此时此地，人类只感到自己的生存无非寄托在大自然的一息之中。俄国的一位诗人说，他曾静坐于森林之中，当时感到死的影子向自己迫近。实在是这样的。他又说："当人类最后一个人从地球上消灭时，只不过是一片树叶不再飘动而已。"

坐在死一般寂静、冷气逼人、阴暗无光的森林之中，恐怕无人不感到这种威严的压力。我忘了自己，沉湎于可怕的幻想之中。

森林外传来"老爷！老爷！"的呼唤声，连忙跑出去一看，旅店的孩子站在那里。

"您的事情已经办完了的话，就回去吧！"

两人先一起回到小屋去。井田说：

"怎么样？为了试验一下，今天晚上就住在这儿怎么样？"

我终于至今再未踏上北海道的土地。尽管由于家庭情况使我不得不打消开垦的计划，但我至今一想起空知川畔，就感到那冷酷、严峻的大自然在吸引着我。

这究竟是为什么呢？

当玫瑰开花的时候

作者简介 ❖

和辻哲郎

（1889～1960）

日本哲学家。其代表作有《日本精神史》、《锁国》等。

巨椋池的莲

对于日本人，莲花属最可亲近之列。大大花瓣上美丽弯曲线条，柔和而高雅的颜色，光滑并散发着清新气息的叶子。凡此种种，都给人以亲近之感。况且，在文化上，莲花所占的位置也相当高。给予日本人深刻精神内容的佛教，也是以莲花为象征。佛像大都安放在莲座上；佛画中有很多莲花；佛事活动要撒莲花瓣；佛经中最优秀的作品是妙法莲花经，这莲花经当时在日本是最受欢迎的。佛教在日本广为流传的强大动力是阿弥陀崇拜，而莲花盛开的净土的幻想又是这个崇拜的核心。由于上述原因，莲花遍布日本人生活的各个角落，不仅餐具中有呈莲花瓣形的小磁羹匙，而且在日本人的食生活中，莲菜要占相当的比重。

上述种种，都是我早已熟知的。然而，在巨椋池，观赏那盛开的荷花时，却使我为之一惊。我完全没有想到，荷花竟有这般惊人之美。

那是二十多年前的事了。当时住在京都的谷川彻三君，谈起巨椋池的莲花，约我同去观赏。我当时并没有当作一件正经事，只是说，如果有机会的话一定去看看。记得那是8月初五、六的晚上九点左右，谷川君突然来到我的住处，叫我一起去看荷花。他说再过两三天就是盂兰盆会，那时要采集大量的荷花送到大阪和京都去。因此，一定要赶在那之前，现在去看最合适。还说要叫上落合太郎君一起去。于是，十点左右，我们赶到了真如堂北面落合君的住所，三个人一起去了伏见。

谷川君带我们来到了伏见桥旁边的一家旅馆。当时已经很晚了，况且，第二天三点钟就要起床，所以那天晚上没谈什么，很快就睡下了。

我好像刚睡着就被叫醒了，十分困倦。不过，从旅馆前边乘上小船，驶进淀川河，一下子就精神起来了。虽说是早晨，但天还很黑，只觉得淀川河一望无际。向下游划了一会儿，船进入了狭窄的运河，在房屋中间穿行。此时，天还没亮，运河两岸的景色模糊不清。约莫过了几十分钟，两旁渐渐开阔起来，我们好像到了巨椋池的一端，但天还没大亮，远处仍看不清楚。又前进了一阵儿，不知不觉像是驶进了一个大池塘。

船在荷花和荷叶间穿行。不知谁先提起的，荷花开放时会发出声音成了主要话题。我们怀着好奇心把船停在荷花跟前，三个人盯着一个马上就要绽开的花骨朵。那花骨朵一点也没有动，但旁边"咕"地响了一声，这声音很尖，不像人们常说的荷花开放时发出的"啪"的声音。这是什么声儿呢？我们不解地向发出声音的方向望了望，随即又把目光收回到眼前的花骨朵上，令人吃惊的是，这时它已经绽开了两三片花瓣，不一会儿便全开开了。我们虽然没有看见它开始那两三片花瓣的绽开，但一直呆在旁边，如果发出声响，是应该听得见的，不过好像确实没有什么声音。

那么，刚才听到的究竟是什么声音呢？我们乘着船，一边走一边不断地注意着身旁的花骨朵。偶尔也能看到刚舒展开第一片花瓣的，但都是静静地、平缓地展开，而不是"啪"的一下子。不过，那种"咕"的短促的声音，从远处、近处不断传来，而且好像间隔越来越小。我们很想找到声源，于是四处张望。这时，水面渐渐清晰起来，我们的视野也越来越开阔了。

我们谈论的时候，船夫一直没有作声。我们问他荷花开放时究竟有没有声音，他说，没听到过，还说，荷花也不都是早晨开，有前一天晚上开的，也有夜间开的，那种清晨发出声音的说法是很奇怪的。听船夫这么一说，我终于明白了，原来荷花在没有日照的时候，即天还没亮，人们看不见或者还没有来看的时候开，所以才会生出那些常人难以判断的传说来。当然，除日照之外，与气温也有一定的关系。上述时间里，室外空气变凉，与花蕾内部温度相对，情况与白天正好相反。也许正是这种微妙的气温的变化，与荷花的开放有直接关系。由此可见，气温最低的清晨，是开花最合适的时间。然而，那奇怪的声音究竟是怎么回事呢？我们又去问船夫。船夫若无其事地说："那声音啊，那是黑水鸡，黑水鸡睁眼的声音。"

谈论之间，不知不觉船已驶进了宽阔的池中央。这时，天已经蒙蒙亮，周围的荷花也能看清楚了，这是在短短的一瞬间发生的变化，于是，我们突然发现，已经置身在一望无际的荷花的世界里了。

荷花高出荷叶，我们坐在小船上，荷花有的齐胸，有的打眼眉；有离我们一、二尺的，也有两三米的。船的周围竹篙可以够得着的就有几百朵，亭亭出水，姿态端丽，散发着清新的气息。盛开的荷花一直伸展到二十米，一百米以至五百米之遥，一眼望不到边。不论你从哪个角度，向哪个方向眺望，地面上，只有高出荷叶的莲花。

这景致完全出乎意料，若不亲临其境，实在难以想象。挨挨挤挤的荷花，从一朵朵到一片片，从少到多，由近及远，一下子全都映入你的眼帘。此情此景，完全去掉了荷花以外的形象，看到的是一个纯粹的莲花的世界。面对这意外的奇观，感慨之情油然而生。

这种感慨，并非只由莲花这一自然景物的形态和感触引起，而是从它所赋有的象征意义，通过外形给人的美感，骤然产生的。我们的祖先由莲花而产生净土的幻想，那种心境，以前对我来说十分陌生。然而，此时此刻，我仿佛感到产生了某种体验上的联系。沉浸在莲花的世界中，心境与佛教的理想似乎难以分开。这并非因为佛经中宣传莲花，佛教的绘画艺术中有莲花，而是因为从莲花的形态和触感中领悟到一种印度式的超越日本国土的东西。对日本人来说，它特别有助于象征超越现实的理想。然而它同时又是明显的印度式的，而不是超越印度的。日本的莲花与印度的是同一品种，据说，这种莲花现在仅存于亚洲的温暖地区和澳大利亚北部，埃及过去好像曾经有过，但现在没有。莲花传到日本，即使不是直接的，也是从印度传来的。当然，我也说不上来那是什么年代，不过，据说日本从太古就有，因此，可以认为是随着佛教一起传来的。由此说来，莲花不仅象征着我们祖先的精神生活，进而可以说它象征着亚洲文化。

我沉浸在莲花的世界里，由衷地感谢——从某种意义来说——强行拉我来看花的谷川君。

上述印象，是在天蒙蒙亮，可以望得见莲花池全景的时刻得到的。准确的时间我说不上来，不过，可以肯定是四点到五点之间。我们被这迷人的景色所陶醉，不知过了多久，在船夫的建议下，才继续向前行驶。在莲花的世界里，我们遍访了各个群落，于是又见到了意想不到的景致。

最先展现在我们面前的是爪红莲。花瓣的顶端呈淡红色，其余大部分为白色，这是最普通的荷花。小船继续前行，波动的水面使荷花和荷叶上下浮动，周围的景色也在不断变化。不知不觉来到了底红群落，花瓣上白下红，整个花呈淡红色，和刚才群落的颜色差异虽不很大，但连成大片，就显得鲜艳多了。

几分钟后，我们又来到了红莲群落。花瓣的一大半呈红色，只有底部是白的，一见便给人以鲜艳明快之感。看到这成片的红花，心情十分欢快，进而有些浮躁。漫游了一阵儿，渐渐适应了这里的气氛，情绪也随之稳定下来。尽管如此，当我们紧接着步入深红色的红莲群落时，仍然感到惊异。这种莲花瓣是深红的，一丝白色也没有，实在艳丽之极，连成大片，使人不由得产生一种异样的感觉，它给人的印象和大体呈白色的爪红莲迥然不同。如果说这就是莲花的代表的话，那么恐怕净土不会用莲花来装点吧。

红莲群落稍有几分让人窒息的感觉。离开这里，前进了一阵儿，又是一个令人惊异的景致，这里是白莲群落，顾名思义，一片洁白的莲花，一点儿红色也没有。置身在这白色的莲花之中，突然感到，它与平时常说的白莲不同。这种白色，与其说没有给人以洁静之感，莫如说给人以不快、可怕、污秽的感觉，像是在死神的世界里，寒气逼人。与此相比，爪红莲花瓣上的白色，不是纯白，而是略微带红。虽说感觉不到红色，但它给白色增加了一定的柔和感、温柔感。因此，使我感到，平时人们印象中的白莲，正是这种白色的花瓣，而不是那种纯白的。完全纯白的莲花并不漂亮，这决不是因为我们刚从艳丽的红莲群落出来才会有这样的，感觉。全红的红莲过于艳丽，使人透不过气来，纯粹的白莲又过于冷漠、严肃，也没有意思。还是那种白里透红的最普通的莲花最为理想。

我们在荷花群落中巡游，完全忘记了时间。渐渐地，东方露出了鱼肚白，东西两侧的山也清晰起来了。随着周围景物的清晰，刚才那只有莲花的世界被破坏了。于是，荷花一直延续到天边的感觉也随之消失了。此时，我们的船已驶向归途。

归路是大煞风景的。我们还没有完全离开莲花池，太阳就升起来了。来时还看不清的景物，在朝阳的映照下已清晰可见。莲花池越来越窄，渐渐到了和水田的交界处，终于，小船驶出莲花池，进入了水田中间的运河，通过村镇后那肮脏的地段，驶进了淀川河。这之间，我们看到的，都是与美丽的莲花池景致不相融的东西，它淡化了我们对莲花世界的美好印象。我不由得想到，倘若没有这暴露现实的归途，那么，此次巨椋池赏莲实在是再好不过了。

回到旅馆，已经快七点钟了。那天的早餐，是放了鲜嫩荷叶的莲饭。

谷川君当时只字没提，事后，一次偶然的机会，谈到疟疾病的时候，他告诉我们巨椋池附近自古以来就有专治疟疾的名医，因为那里致疟疾的蚊子特别多。——不过，我们看花时丝毫没有怕蚊子咬的顾虑——我们问谷川君那次赏莲时为什么没说蚊子的事，他说："我要是不留神说出来，恐怕你就不会去看荷花了。"——落合君早在那之前曾被东山的致疟疾的蚊子叮过——我打心眼儿里感谢古川君的这一英明决断。想到那美丽的莲花景致，疟疾蚊子也就算不得什么了，何况黎明前后蚊子并不多。

　　巨椋池当年的莲花景致，不知现在还能否看到。因为，那以后，由于巨椋池的开拓工程，水位下降了好几尺，当时开花的地方，大概有不少已经变成了水田，不知莲花的栽培是否因此受了影响。倘若有要去赏莲的，希望了解一下现状再作决定。若是当时那种景致已经看不到了，那是十分遗憾的。不过，巨椋池非常宽阔，我想也许不至于吧。

当玫瑰开花的时候

作者简介 ❖

川端康成
（1899～1972）

日本"新感觉派"的代表作家。其主要作品有《雪国》、《古都》、《千只鹤》等。一九六八年获诺贝尔文学奖。

我的伊豆

伊豆是诗的故乡，世上的人这么说。

伊豆是日本历史的缩影，一个历史学家这么说。

伊豆是南国的楷模，我要再加上一句。

伊豆是所有的山色海景的画廊，还可以这么说。

整个伊豆半岛是一座大花园，一所大游乐场。就是说，伊豆半岛到处都具有大自然的惠赠，都富有美丽的变化。

如今，伊豆有三个入口：下田、三岛修善寺、热海。不管从哪里进去，首先迎接你的，是堪称伊豆的乳汁和肌体的温泉。然而，由于选择的入口不同，你定会感到有三个各不相同的伊豆呢。

北面的修善寺和南面的下田这两条通道，在天城山口相会合。山北称外伊豆，属田方郡，山南称内伊豆，属贺茂郡。南北两面不仅植物种类和花期各异，而且山南的天空和海色，都洋溢着南国的气息。天城火山山脉东西约四十四公里，南北约二十四公里，占据着半岛的三分之一。海面的黑潮从三面包围着半岛。这山，这海，便是给伊豆增添光彩的两大要素。倘若把茶花当作海岸边的花，那么，石楠花就是天城山上的花。山谷幽邃，原生林木森严茂密，使你很难想象这原是个小小的半岛。天城山是闻名的狩鹿的场所，只有翻过这座山峦，才能尝到伊豆旅情的滋味。

开往热海的火车时髦得很，称为"罗曼车"。情死是热海的名产。热海是伊豆的都会，它是在关东温泉之乡中富有现代特征的城市。倘若把修善寺称为历史上的温泉，那么，热海便是地理上的温泉。修善寺附近，清静、幽寂；热海附近，热烈、俏丽。伊豆到伊东一带的海岸线，令人想起南欧来，这里显示着伊豆明朗的容颜。同是南国风韵，伊豆的海岸线多像一曲素朴的牧歌啊。

伊豆有热海、伊东、修善寺和长冈四大温泉，共有二三十个喷口，仅伊东就有数百处泉流。这些都是玄岳火山、天城火山、猫越火山、达磨火山的遗迹。伊豆，是男性火山之国的代表。此外，热海的间歇泉，下加茂峰的吹上温泉，拍击着半岛南端的石廊崎的巨涛，狩野川的洪水，海岸线的岩壁，茂盛的植物……所有这些，都带着男性的威力。

然而，各处涌流的泉水，使人联想起女乳的温暖和丰足，这种女性般的温暖与丰足，正是伊豆的生命。尽管田地极少，但这里有合作村，有无税町，有山珍海味，有饱享黑潮和日光馈赠、呈现着麦青肤色的温淑的女子。

铁路只有热海线和修善寺线，而且只通到伊豆的入口，在丹那线和伊豆环行线建成之前，这里的交通很是不便。代之而起的是四通八达的公共汽车。走在伊豆的旅途上，随时可以听到马车的笛韵和江湖艺人的歌唱。

主干道随着海滨和河畔延伸。有的由热海通向伊东，有的由下田通向东海岸，有的沿西海岸绵延开去，有的顺着狩野川畔直上天城山，再沿着海津川和逆川南下……温泉就散缀在这些公路的两旁。此外，由箱根到热海的山道，猫越的松崎道，由修善寺通向伊东的山道，所有这些山道，也都把伊豆当成了旅途中的乐园和画廊。

伊豆半岛西起骏河湾，东至相模湾，南北约五十九公里，东西最宽处约三十六公里，面积约四百零六平方公里，占静冈县的五分之一。面积虽小，但海岸线比起骏河、远江两地的总和还长。火山重叠，地形复杂，致使伊豆的风物极富于变化。

现在，人们都那么说，伊豆的长津吕是全日本气候最宜人的地方，整个半岛就像一个大花园。然而在奈良时代，这里却是可怕的流放地。到源赖朝举兵时，才开始兴旺发达起来。幕府末期，曾一度有外国黑船侵入。这里的史迹不可胜数，其中有范赖、赖家遭受禁闭的修善寺，有掘越御所的遗址，有北条早云的韭山城等。

请不要忘记，自古以来，伊豆在日本造船史上，发挥着重大的作用，这正因为伊豆是大海和森林的故乡啊。

作者简介 ❖　　　　乌拉圭散文家、文学评论家。其主要作品有
《爱丽尔》等。
何塞·恩里克·罗多

（1871～1917）

航　船

看，大海的寂寥。一道无法穿越的线封锁着它；这道线与整个穹隆
连在一起，只在海滩处留下空隙。一艘船，趾高气扬，带着隆隆的轰鸣
驶离了海岸。西斜的太阳，温和的云朵，阵阵海风催人远行。船在前进，
在空中留下黑色的烟尘，在海上留下白色的浪花。前进，行驶在平静的
波涛上。它驶到海天交接处，穿越那道界线。只剩下高高的桅杆依稀可
见；这最后的迹象也终于消失了！那无法穿越的线又变得神秘莫测！谁
能否认它的存在呢？它就在那里，那是实实在在的分界，那是深渊的边
沿。然而它的后面仍是茫茫沧海，浩瀚无垠。大海越来越深，越来越广；
在它的另一端，是将它与别的海面隔开的陆地，新的陆地，更辽阔的陆
地，太阳为它们涂上了不同的色调，那里生活着不同的种族；神奇、宽
广的土地，高尚、完美的世界，或者已被开拓，或者荒无人烟。在这浩
瀚之中有着船舶起锚的码头。它们或许在那里停靠，然后便在无限的天
地中各奔前程，而且一去不复返，如同那条已经通过的大海的界线一样：
虚无缥缈，一切都在那里消失。

总有一天，注视那同一条神秘的线，你会看到一缕袅袅升起的
青烟，一面旗帜，一根桅杆，一个似曾相识的船体……这是那返航
的船只！它回来了，犹如一匹忠于牧场的骏马。它或许比离去时更

加可怜，体重减轻了；或许被肆虐的波涛伤害了；然而它也可能平安无恙并满载珍贵的收获凯旋而归。在它强劲脊背上的褡裢中也许驮来了热带的奉献：醉人的香料，甜蜜的柑橘，像太阳般闪光的宝石或者柔软的、光彩夺目的毛皮。作为运去货物的代价，它或许带来了心地更加纯朴、意志更加顽强、臂膀更加粗壮的人们。光荣和幸福属于航船！如果它来自勤奋之邦，或许运来了炼好的铁器，用来武装劳动的双手，要么它运来的也许是织好的毛线或者贵重金属制成的、用来装点世界的完美的饰物；或者是一块块青铜和大理石，人类的艺术为它们注入了生命的气息，或者是一沓沓纸张，通过微小铅字的痕迹，引来具有思想的人民。光荣和幸福属于航船！

请你稍加注意，一个思想，你将它排除，或者它自行消失；你再也望不见它；天长日久，它又在你心灵的明媚的阳光下出现然而已经变成和谐、成熟的意念，变成了能以整个辩证法的力量和炽热的激情来展开的说服力。

一个轻轻的疑惑模糊了你的信念；你将它驱除，将它瓦解然而当你已牢牢地将它忘却时，它又毅然再现，使你无可奈何，以致使你的信念的整座大厦顿时永远地倒坍。

你在阅读一本令人沉思的书，你又置身于人群和事物的纷纭混乱之中；你忘却了那本书所留下的印象。随着时间的推移，你终于明白，尽管是无意地、不假思索地翻阅，那本书却在你的心灵中发挥作用，以致你整个精神生活都受它的制约并按照它的要求而改变。

你在体验一种感觉。它对你是匆匆过客；其他的感觉要抹掉它的余味和记忆，宛如一个海浪冲去前面的海浪留在海滩上的痕迹。总有一天你会感到一种巨大而又令人折服的激情从你的心灵中溢出，你会意识到那一连串的活动来自那被遗忘的感觉。正是这内心的活动将这个感觉变成你自身的全部力量所遵从和依傍的中心，如同茂盛的藤蔓顺从地缠绕在一条柔软的绳索周围一样。

这一切事物都恰似航船：起程，消失，然后又满载而归。

作者简介 ❖

J·K·纪伯伦

（1883～1931）

黎巴嫩作家、诗人。其主要作品有《先知》、《先驱者》等。

贪心的紫罗兰

在一座孤零零的花园里，有一株紫罗兰，花瓣艳丽，芳香四溢，幸福愉快地生活在同伴之中，得意洋洋地在群芳之间左右摆动。

一天早晨，紫罗兰戴着露珠桂冠，抬头朝四周一望，看到一朵玫瑰花，躯干苗条，翘首天空，恰似一柄火炬，插在宝石灯上。

紫罗兰咧开她那蓝色的嘴唇，叹息道："唉，在群芳当中，我最不走运；在百卉之中，我地位最低！大自然造就了我如此低矮渺小，我只配伏在地上生存，不能像玫瑰那样，枝插蓝天，面朝太阳。"

玫瑰花听到邻居紫罗兰的哀叹，笑着摇了摇头，说："在百花群里，你最糊涂。你身在福中不知福。大自然赋予你其他花草都不具备的芳香、文雅、美貌。赶快打消你这些奇怪的念头和有害的愿望吧！满足天赐予你的福气吧！你要知道：虚怀若谷的人，地位无比高尚；贪得无厌者，永远贫困饥荒。"

紫罗兰回答："玫瑰花，你之所以来抚慰我，因为你已得到了我欲得到的一切；你之所以用格言来掩盖我的低下地位，因为你伟大高尚。在倒霉者的心中，幸运儿的劝诫是何等苦涩；在弱者面前慷慨演说的强者，何其冷若冰霜！"

大自然听了玫瑰与紫罗兰的对话，禁不住打了个寒战，提高嗓门

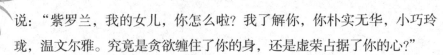

说："紫罗兰，我的女儿，你怎么啦？我了解你，你朴实无华，小巧玲珑，温文尔雅。究竟是贪欲缠住了你的身，还是虚荣占据了你的心？"

紫罗兰乞怜道："力大恩深的母亲，我谨向您倾诉我心中的恳求和希望，万望您答应我的要求，让我变成一株玫瑰花，哪怕只有一天。"

大自然说："你不知道你的要求意味着什么。你不知道华美外观的背后所隐藏的巨大灾难。倘若你的身躯变高，外貌改观，成为一株玫瑰花，恐怕到时候连后悔都来不及了。"

紫罗兰说："改变我的外貌吧！让我变成一株身躯高大、昂首蓝天的玫瑰花……到那时候，无论如何，我的欲望总算实现啦。"

大自然说："叛逆的傻瓜，我答应你的恳求！倘使遇上灾祸，你只能抱怨自己太傻。"

大自然伸出她那无形的神手，轻轻触摸紫罗兰的根部，顿时出现了一株高出群芳之首、色彩斑斓夺目的玫瑰花。

那天傍晚，天色突变，乌云急聚，暴风骤起，撕破世界沉寂，电闪雷鸣相继而来，风雨一齐向花园发动攻击。刹那间，只见万木枝条摧折，百卉躯干弯曲，枝长秆高的花草被连根拔掉，幸免者只有伏在地面上、隐身石头间的矮小花木荆棘。

与此同时，那座孤零的花园遭受了其他花园所未经历过的浩劫和冲击。

风暴未停，乌云未消，已见园中花落满地。风暴过后，只有隐蔽在墙根下的紫罗兰安然无恙。

一位紫罗兰少女抬起头来，望着园中花木败落的惨状，得意地微笑了。她当即呼唤同伴："姐妹们，快来看看吧！看看风暴是怎样对待那些傲气的高大花木的！"

另一位紫罗兰姑娘说："我们低下，匍匐在地面上，但经过暴风骤雨，我们安然无恙。"

第三位紫罗兰姑娘说："我们虽然躯体微小，但暴风雨没把我们压倒。"

就在这时，紫罗兰王后出来一看，发现昨天还是紫罗兰的那株玫瑰就在自己身边，只见它已被风暴连根拔掉，叶子散落了一地，仿佛身中利箭，被风神抛到湿漉漉的草丛之间。

紫罗兰王后直起腰杆，舒展叶片，呼唤着："我的女儿们，你们仔细看看！这株紫罗兰为贪欲所怂恿，变成了一株玫瑰花，挺拔一时，然后被抛入了万丈深渊。愿此成为你们的明鉴。"

玫瑰花战栗着，使尽全身气力，上气不接下气地说："知足安分的傻姐妹们，你们听我说：昨天，我像你们一样，端坐在绿叶中间，满足于天赐之福。知足是难以逾越的障碍，它将我与生活的风暴分离开来，使我心地坦然，无忧无虑。我本来可以像你们一样，静静伏在地面上，冬来雪花裹身，未知大自然秘密，便与同伴一起步入死一般的沉寂。我本可以避开令人贪婪的事情，弃绝那些超越我天性的东西。但是，我在静夜里听到上天对人间说：'存在的目的在于追求存在以外的东西。'于是我自己背弃了自己的灵魂，贪图得到我不应得到的东西。我一直在渴望得到我没有的东西，致使这种背弃心理变成了一种巨大力量，我的渴望变成了异想天开的幻想，于是要求大自然——大自然只不过是我们心中梦想的外观——将我变成一株玫瑰花。大自然当即令我如愿以偿。大自然常用她那偏爱和渴望改变自己的形象。"

玫瑰花沉默稍许，又自豪、得意地说："我当了一小时的皇后。我用玫瑰花的眼睛观看了宇宙，用玫瑰花的耳朵听到了太苍的窃窃私语，用玫瑰花的叶子感触了光明。在诸位之间，谁能得到我这份荣幸?"

之后，她弯下脖子，用近似喘息的声音说："我就要死了。在我的心中有着一种特有的感触，这是在我之前的紫罗兰不曾有过的感触。我就要死去了，我了解到了我出生的有限天地之外的一些事情。这就是生活的目的。这就是隐藏在昼夜间发生的偶然事件背后的真正本质。"

玫瑰花合上叶子，浑身一颤，便死去了。此时，她脸上浮现出神圣的微笑——愿望实现后的微笑——胜利的微笑——上帝的微笑。

作者简介 ◆

罗宾德拉纳特·泰戈尔

（1861～1941）

印度诗人、作家。主要作品有《画与歌》、《戈拉》、《四个人》等。

昏黄和黎明

在这里，黄昏已经降临。太阳神噢，你那黎明现在沉落在哪个国度、哪个海滨？

在这里，晚香玉在黑暗中微微颤动，宛如披着面纱的新娘，羞涩地立在新房之门；晨花——金香木，又在哪里绽蕾？

有人被惊醒。黄昏点燃的灯火已经熄灭，夜晚编好的白玫瑰花环也已凋落。

在这里，家家的柴扉紧闭；在那边，户户的窗子敞开。在这里，船舶靠岸，渔民入睡；在那边，顺风扬起了篷帆。

人们离开客店，面向朝阳向东方走去；晨光洒在他们的额上，可他们的渡河之费直到现在还没有偿付；透过路旁的一扇扇窗扉，那一双双黑黑的眼睛，含着怜悯的渴望，正在凝视着他们的后背；一条大路展现在他们的面前，犹如一封朱红的请帖发出邀请："一切都已为你们准备就绪。"随着他们心潮的节奏，胜利之鼓已经擂响。

在这里，所有的人都乘坐着日暮之舟，向灰暗的晚霞微光中渡去。

在客店的院落里，他们铺下破衣烂衫；有人孤独一身，有人带着疲惫的伴侣；黑暗中无法看清，前面的路上将有什么，可是，现在他们正悄悄地谈论着后面走过的路上所发生的事；谈着谈着话语中断，尔后一片静寂；尔后他们从院里抬头仰望，北斗七星正悬在天边。

太阳神噢，在你的左边是这黄昏，在你的右边是那黎明，请你让这两者联合起来吧！就让这阴影和那光明相互拥抱和亲吻吧！就让这黄昏之曲为那黎明之歌祝福吧！

当玫瑰开花的时候

作者简介 ◈

何塞·黎萨尔

(1861~1896)

菲律宾作家。其主要作品是长篇小说《不许犯我》和《起义者》等。

世界散文精品集丛书

泪 与 笑

我不怀恋我的童年，也不怀恋我的青少年，据他们说。那是充满黄金美梦的年代！我不思慕我的祖国，虽然她是东方美女的迷人花园！当我还是她怀抱中的一个孩子和少年时，我总是透过眼泪望见太阳；我总是在悲叹声中呼吸到她的微风。

有的人将其童年比做一根长满玫瑰花和蓓蕾的茎；我也把我的童年比作一根茎，但只是长满着刺的茎。

尽管如此，我还是住在我的故乡，生活在我家和我的家族当中。

我对自己几乎一无所知。我有过许多老师，他们大多数人把他们的全部知识传授给我。他们的知识局限于某些简单的谚语，诸如：孩子不打不成器；孩子天生就是性本恶，以及其他等等。

他们凭借着打屁股，强迫我们死记硬背许多书本，而书本中的语文我们并不懂得；他们教我们用这种语言做祷告；而且强令我们整天地祈祷，使得我们在圣像面前都困乏得昏昏欲睡——而圣像看着我们流满泪水的脸孔一定感到厌烦。

后来在学院里，教授经常忘了讲课文，而议论起我们的脸孔肤色和我们的家乡；在他的无限权威面前，我们只有发抖打战，怯懦地吞下我们的跟泪，保持沉默。

上了大学以后，尽管事实上教授们不了解他们自己，而我却更加认识这个我所处的世界；有许多特权只归某些人所有，而对其他人则要求遵纪守法，当然这并非根据其贡献的大小来决定。

一个具有健壮体格和渴望生活的人，当他看见一个开阔的天地和远方无边无际的地平线时，当他听到高空的震撼声时，当他感觉到心脏在跳动时，他必然要使自己脱离狭小的牢笼，而且深信他有权利来拥有许多美好的奢望。

我戴着假面具，参加了文学创作竞赛，而且不幸获胜；我听到了真诚而热情的赞扬声；但是，我们披露了我们的真实身份之后，赞扬喝彩声就转变为冷淡、嘲笑和辱骂，而失败的落选者反而洋洋得意、感到荣幸。

作为野蛮侵略的受害者，我要求公正和正义，并且坚信不疑，但我得到的回答却是威胁恐吓……可是，这一次我不感到内疚。

我不怀恋我的童年，也不怀恋我的青少年！

我热爱我的故乡，但我却离开了她；只有某些人和一个家使我和这个世界紧紧相连，我没有向他们告别就远离了他们。祖国的微风始终令我怀念；在她的泉水里有我流下的许多泪水；在她的竹叶上、棕榈叶上和树叶上我写下了我的许多控诉和许多回忆。她给予我一个愉快的结局，不过，还远不是我所爱的一切。在一个异国、在陌生的和各种不同的人们当中，我不为她而哭泣，而她伸出的双臂令我吃惊。我的眼泪已经干枯，所以我只好笑了！

当我想到祖国的苦难，当我听到我的同胞的抱怨，当我探索笼罩着祖国地平线的乌云黑雾时，我笑了。当我看到我的同胞受到虐待和被伟大的理论和令人眼花缭乱的词语所欺骗时，我笑了。当我听到为某一个人要求自由和公道，对另一个人却给带上镣铐和例行公事，对其他的人要求人道的法律、博爱和权利，而对另外的人又讲例外和特殊照顾时，我笑了。

为了不激怒我，为了不引起我的愤怒，我让眼睛仰望着上天，

并且祈祷。

感谢您的保佑，自由人的上帝。您是克力门特七世的、西班牙宗教总裁判官托尔克马达的、英国的、俄国的、德意志帝国宰相俾斯麦的、时代的和联盟的上帝！德国大军火商克虏伯的上帝，您是那些拥有许多大炮、枪支、鱼雷和金钱的人的朋友；您经常协助最强者，以免和他发生争执，而您也表示最强的掌权者是讲道理的。您创造了狮子、老虎和牛，以及向八百万人民征税的西班牙政府总理萨迦斯塔，并拒绝人民的代表参加西班牙的议会。我感谢您，因为您做了许多好事，也因为您特别对我表示仁慈，制造出那么多的不幸事件来使我好笑，同样地您创造了许多巨大的和无数的天体，因此，当天空多云时，地球上的人们还能看见一点点亮光，当我们的军官们杀死我们的同胞之后还能做些掩饰的活动。请允许我说，您能事先防止一切事件的发生，但您的地震、台风和蝗虫却帮助别人来使我们陷入穷困。请允许我向您提出我的恳求，您说过想进入天堂的人必须是穷人，您答应过要照顾那些渴求正义的人，维护我们的福利，以免遭受萨迦斯塔和所有的保守党人以及那些对我们不按刑事法典行事的人的侵害，也免受四个教会的教士们以及那些随时光临的国民警卫队、卡宾枪手和政府雇员的侵害！别忘记每两周派遣西班牙的最坏的极端分子到我们这里来，例如流氓、放荡者、伪善者、懒汉、笨蛋和饥民；为他们所有的人建立一个办公署，对一切事物都征税，在每一条街角上设立一个检查站并部署二十名特工；禁止我们阅读、写作和说话；把我们变成瞎子、聋子和哑巴；只留铪我们仅仅能够欢呼喝彩和劳动干活的力气就行了。

如果您仍然认为我们还不够贫穷，也不够饥饿，以致不够资格被送入天堂，那就把我们全都移交给王国政府的部长或者议会的议长，这样，我们便会立即被永久地打入地狱。阿门！

作者简介 ❖

穆尼尔·纳素夫

（1931～　）

科威特散文家、作家。其主要作品有《真理——人生的动力》等。

但愿夫妻不再陌生

作为妻子，你是否感到你的丈夫还是那么陌生？你是否曾冷静地想过婚后多年来他的言行举止？朋友，但愿你不会觉得你的生活伴侣与你同床异梦。在这里，我要向你们讲一个真实的故事。

她独自坐在寝室的窗前，透过灰暗的夜幕，两眼极力地望着那昏黄路灯下的漫漫街头，翘首企望着能从深沉的黑夜中出现她所熟悉的身影。

他这些日子究竟是怎么啦？总是夜夜迟归。睡去多时，也不见他回来！孩子老也看不到他的笑脸。也许他新近接受的工作使他忙得不可开交？也许与友人聊天忘了时间？可是，工作再忙，事情再多也不能有家不归、有妻不思、有儿不管呀！他与她也总是夜半时分匆匆一面，无话可说，无情可表。

她还在等他，手中的书不知翻阅几个来回了，困倦使她频频垂首。有时，一觉醒来，曙光出现了，他还没有回来。她刚要出门上班，他却推门而入，急急忙忙吃点饭便又不辞而别。家庭对于他来说，简直连旅店都不如。

噢，今天回来得早些了，她热情地为他端上了亲手烹调的美味佳肴，满心高兴地坐在他的对面。但是，他却满脸倦容，肩上如同

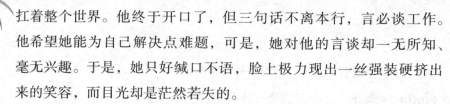

扛着整个世界。他终于开口了，但三句话不离本行，言必谈工作。他希望她能为自己解决点难题，可是，她对他的言谈却一无所知、毫无兴趣。于是，她只好缄口不语，脸上极力现出一丝强装硬挤出来的笑容，而目光却是茫然若失的。

这是为什么？难道他们的生活状况发生了急剧的变化？难道他们的爱情生活结束了吗？回忆的思绪将他们牵回到婚前的日日月月。

那时，他是一个活泼、干练、有抱负、有理想的青年。她与他相识了，共同梦想着幸福、欢乐，盼望着能永远生活在一起。

他们结合了，走在同一条路上，那是一条艰难的路。他们婚前的梦想得到了部分的实现，在婚后最初的年月里，分不清什么你和我，爱就是一切。那时，经济宽裕，生活内容丰富，彼此的感情和谐融洽，家庭中始终充满着欢欣的笑声。

爱情的果实诞生了。他们都喜不自禁，争着抢着看一眼小宝宝，都想为孩子的幸福献出一点力量。

可是，没过多久，这位年轻的母亲便发觉自己的丈夫已不是原来那样的人了，他变得对家、对孩子漠不关心了。他离家远去了，从清晨到夜晚，甚至彻夜不归。他整个都陷在工作中了。他笑了，那准是工作顺利，取得了成功；他皱起了眉头，那就是遇到了什么难题。是的，事业上的成功是甜美的，如果有人共同分享他成功的喜悦，那不是更为甜美吗？

丈夫沉浸在成功喜悦之中的日子，却正是妻子被家务缠得喘不过气的时候。她白天要工作，晚上做完了饭还要照看孩子。过度的劳累使她觉也睡不好，周身疼痛不已，心中烦躁不堪。家务事难道就活该由女人全包下来吗？买菜、做饭、洗衣服、看孩子，这些家庭琐事难道就与男人无缘吗？谁这样说过？哪个章程中这么写过？可是，人们似乎都是这么活过来的，难道这就是真理？

这种日子，说实在的，真够难熬的。

好吧，让生活的长河沿着它本来的流向去奔流吧！让夫妻们各

世界散文精品集丛书

行其是吧！其实，她不上班也不是不可以，把雇保姆省下来的钱用到生活上，自己在家里看孩子不是更好吗？但是她却又是不甘寂寞的。家务活再累，再烦，却都能在工作中得到补偿。时日一久，她觉得这个家庭便只余下那些久远的甜美的回忆了。

爱情似乎是在瞬间产生的，但是，真正成熟了的爱情却需要漫长的时间，如同一棵树，从下种、萌芽、舒枝、展叶、开花、结果直到成材，绝非是几年所能办到的。夫妻之间感情的培养亦绝非一朝一夕所能奏效的。它需要漫长的时间；需要了解，理解，更需要谅解和同甘共苦。

婚前母亲的嘱咐仍回响在耳边："孩子，假如你们小两口之间产生了纠葛，你千万不要陷进去，当心感情的裂痕刺伤了你的心！"可是，现实生活毕竟与书上写的、影片中说的、母亲讲的相差甚远。谁知道每家都发生了一些什么事情？谁又能真正给予解决？还不是离婚了事。然而，离婚后的生活更难！每想到这儿，她的心就颤抖不已。不，她不应该光想自己，家里还有孩子！为了孩子的幸福和欢乐，做父母的就得强咽苦水。

她又问自己：他究竟是怎么回事儿？为什么就不把她们娘儿俩放在心上？他只知道工作，却丝毫也不愿用点时间，尽一点做丈夫和父亲的责任以消除家庭中无形的敌意和威胁家庭幸福的分歧？如今，阴云布满了家庭，暴风雨快要降临了！

她真不知道自己究竟应该怎么办才好？疑惑使她心事重重，担心使她心烦意乱！

一天，她带着孩子来到郊外漫步散心。突然，耳畔响起了一阵优美的歌声。她随着声找去，发现在小路边的果树林中，一位漂亮的女子手挽小篮，边摘果子，边愉快地唱着。只见她身着十分好看又很时髦的衣服，举止文雅。在果树下面，是一个长得很英俊的少年，那是她的孩子。这位漂亮女人的歌声拨动了她心中的琴弦。人们都说她是很会唱歌的，她的歌喉至今仍在打动着她的同事的心。

但那似乎又是久远的过去的事情了，她丈夫嫌她唱歌使他难以安静地看书，她又有什么意思去唱呢？

她身不由己地移动脚步向那位女子走去，对她说："你的歌真动人！我想，你在生活中肯定会是很幸福的。"

她回答道："是的，是幸福的。在这样美好的日子里，我怎能不感到幸福呢？"

"我是说，你的婚姻生活幸福吗？"

"不！幸福这个词是不能用来形容我的婚姻生活的。在这个世界上根本就没有完完全全的幸福，幸福的大厦是难以建立在活动的沙漠之上的。我们周围的生活在活动，一切事物都在不断地变化着，人也不例外，与你最亲近的人更是如此。朋友，重要的是，我们首先要学会如何来对待别人，洞悉你最亲近的人的优点和缺点。你问我在生活中是不是很幸福，我可以告诉你，我是这个世界上最幸福的人。可是仅仅是现在，在这里，在果树林中，在孩子身边。可我不知道自己明天将会如何？也不知道几个小时之后会是什么样的心境？就是说，当我回到家里之后，他，将要向我提出什么样的要求？"

她很想继续听下去，不愿打断那位女子的话，可是她却低头不语了。

"你是做什么工作的？"

"我是个美术家。平时画画，画我酷爱的大自然，然后拿去卖掉，来养活我的孩子。"

"那，你的丈夫呢？"

"他是个商人，是个绸布商。我们已经结婚十五年了。我得承认，我曾爱过他，他也曾怀有同样的感情。但是，时日一久，我发现他把我视作一件买来的商品，随意使用，为所欲为。他变得很专横，甚至不许我父母来看我，更不许我去探望他们，连想都不许。可是，当我们有了孩子后，他却又迫不及待地去把我母亲叫了来，为的是侍候我们，就像是个女佣人。"

"你们俩如今仍彼此相爱吗？"

"当然并没有完全消失，因为我们俩都知道，夫妇之间的温情重新在生活中出现的重要因素，就是不要掩饰真正的感情。任何一位妻子都翘首企盼着不仅能看到，而且能听到那些温情的表示。"

"你是说，丈夫应该每时每刻地竭力表白他对妻子的爱情？"

"亦不尽然。对爱情的表达不必多言，更不必每天都向对方说：'我爱你！'不厌其烦地单纯重复往往适得其反。其实，丈夫再忙，也可以抽出时间来对妻子表示一番温情。如，下班后，两人一齐动手做饭，吃过饭后，再一齐干'事业'。这不仅不会影响情绪，反而会使彼此心情更加愉快，生活更为和谐。温存的语言是多种多样的，如'你是否曾想过，我为有你这样的妻子而深感自豪！''你做的饭真好吃，真应该好好谢谢你！''你今天按时回来了，真叫人高兴！'等等。"

"你的丈夫会说这些话吗？他对你说过吗？"

"爱情，绝非是单方面的行为。"她沉思了一下，说："爱情是夫妻之间的一所学校，两人共同在那里面学习，培养着彼此的感情，经受着波折和考验，不断地认识两人从未见过、甚至从未想过的新鲜事。我从自己不平凡的经历中切身体会到，要保持夫妻间的这种温情谈何容易？为了不使最初的矛盾和风波影响到这种温情的完美，要付出多么大的耐心和牺牲！在付出巨大的代价后，如今，我终于懂得了，夫妻之间的爱和温情绝不仅限于热吻和甜言蜜语，而更多的应该是充满胸膛的感情；是使彼此心心相印、相互吸引、永不分离的家庭环境和善意的心境；是使生活协调的共同努力，而不是对对方无尽无休的埋怨、猜疑和漠不关心。"

一席话，使她的心头顿觉轻松，在与那位女子握别后返回的路上，她在想，自己应如何更好地建设这个家庭呢？

作者简介 ◆

陶菲格·哈基姆

（1898～1987）

埃及小说家、戏剧家。其主要作品有《新女性》、《灵魂归来》等。

思想的诞生

"谁在我的脑袋里一个劲儿地敲？"

"思想！"

"你要干什么？"

"让我出来！"

"现在？深更半夜？当人人都熟睡了，我困得连眼皮都睁不开的时候？"

"是的，刻不容缓……要是我现在出不来，就永远出不来啦！"

"你难道没有瞧见我困得直打呵欠。你就不能耐着性子等到天亮吗？"

"我等不及了……我必须马上出来……"

"那你干吗偏偏要选我快睡着的时候呢？"

"我是无法自己选定时间的，我在你的脑袋里生长成熟了，就像母腹中的胎儿已经足月，现在该呱呱坠地了。""既然这样，我原先怎么对你一无所知？我只觉得我脑子里空空如也，就像一个有不少窟窿眼的破皮囊。"

"我是在你一点儿也不觉察的情况下成长起来的。而且已经有许多时候了。现在我成熟啦，瓜熟蒂落了……"

"你准备上哪儿?"

"到生活中去,到纸上边去!快起床,懒虫,去拿稿纸和铅笔来,将我公之于世。"

"你未免自视过高了!就算现在让你出世,生活又会有什么改变?"

"谁知道……兴许生活会变成另外的样子……会变得更好、更美丽……说不定还会出现某种重要的转折,使整个生活的实质发生根本性的变化……"

"这都是因为有了像你这样的思想吗?"

"是的,正因为有了像我这样的……我已经好几次这样做了。就拿从你窗口望得见的那几座金字塔来说吧,它们起初不也只是一些想法么……再譬如,把你屋子照得通亮的电灯、让你能够听到全世界各地的声音的收音机,起初不也只是一些想法么……推动人类进步的是思想;创立宗教,使人的灵魂得以超脱的是思想;创造出供人们鉴赏的艺术的也是思想……世界上的全部文明都是思想产生的。人类之所以不同于畜类就是因为只有人才有思想,而牲畜是没有思想的。快起来,别赖在床上!应当为你头脑中产生了思想而高兴!……"

"难道只有我的头脑中才有思想?难道其他成千上万的人都没有思想?"

"也有,不过在成千上万的人当中,能够让思想出世的却寥寥无几。"

"你的意思是,你的价值全在于你能否出世?"

"是的,我出世以后还要活下去。这种情况在世界上是极为罕见的。如果你对算术还略知一二的话,快去拿笔和纸来,你就会为以下的事而大吃一惊:世界上有几十亿人,设若每一个世纪只让其中的一百万人各自产生一种思想,那么每个世纪便会有一百万种思想!……这自然是从未发生过的事。即使一个世纪只诞生十种能够

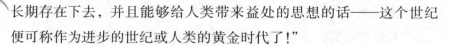

长期存在下去，并且能够给人类带来益处的思想的话——这个世纪便可称作为进步的世纪或人类的黄金时代了!"

"这么说，仅仅让你从我的脑袋瓜里出来还不够罗?"

"是的，还不够……那些哲学家、诗人、艺术家和学者每天都在搜索枯肠，冥思苦想，用他们的头脑酝酿出许许多多的思想，尤其是现在，多如牛毛的人专门在炮制各式各样的思想，自以为这些思想都是永恒的真理，将它们塞满了成千累万册的书籍和报章杂志，其实它们的用处只不过相等于你每天早餐时吃的小蛋糕上的那几滴奶油!"

"我原先以为最要紧的只不过是让你出世……"

"最要紧的是让我在诞生以后还活下去。"

"这么说，重要的与其说是你的诞生还不如说是你能够活多久!"

"不错，你说得很对。对我来说，要是跟时装或者时髦货那样只不过流行一年的话，还不如根本就不到人世来!"

"那么请问，当你问世以后，你打算活多久呢?"

"无论如何也要比你本人活得长些，最起码要比你的寿命长一倍。当你妁尸骨已经在地下腐烂的时候，我还正当青春年华呢?……"

"愿真主诅咒你和你的愿望!"

"怎么，你死了我还活着，你觉得不高兴吗?"

"是的，当然不高兴! 我只消能比你多活哪怕一个小时，我也会感到非常愉快的!"

"你的思想已经死亡后，你活着还有什么意思? 所有的儿子都死了，当老子的还孤苦伶仃地苟延残喘又有什么乐趣可言?"

"说得对，这是真理，一个忧郁的真理，让那些个养出儿子来的人去考虑这个真理吧。至于我，眼下还有足够的能力阻止你的诞生，而且我认为没有理由不让我这样做。我何苦要让你出世，给我招来那么多麻烦呢?"

"不过要是我出世了，会带来极大的好处！"

"什么好处？"

"我出世时已完全成熟，已尽善尽美，我将成为你身上一切优秀的、高贵的品质的宝库，我将延长你的存在，也许我还能给人们带来好处，使人们欣喜若狂，从而使你的虚荣心得到满足。"

"是的，确实如此，正因为我们有虚荣心，所以才会让你们这些思想跑到人世间来！"

"我可愿意利用你们的这种弱点呢。让我出来吧！"

"不过你还没有讲，你出世以后对你自己有什么好处。"

"哎哟，多么愚蠢的问题！你不妨去问问小毛虫，它的存在有什么意义。须知自然界中万物都是有求生欲的呀！"

"这么说，你现在就在我的头脑里罗？"

"嗯，是的……我求你、恳求你：让我出生吧！"

"请稍等片刻，让我去拿铅笔和稿纸来。"

"可是千万别拖延时间！"

"出了什么事？"

"我的呼吸减弱了……我的光亮暗淡了。你同我抬杠了那么长的时间，我还没出世就已疲惫不堪。"

"唉，真糟糕！我记不得把铅笔放在哪儿啦……稿纸也找不到。只有桌子上有一张纸……包着我的早点。你把我吵醒倒没什么关系。要紧的倒是填饱肚子。倘若肚子里空空如也，脑袋里装得再满又有什么用处！请你再耐心地等待片刻，让我先把嘴巴塞满，再来为你办事。你放心，我吃得挺快，绝坏会让你久等的。我还可以边嚼边找铅笔嘛。瞧，这不找着了！铅笔就在桌子上……好啦，现在你可以出生罗……喂，思想！快点儿……开口吧……出来呀！真奇怪，你出了什么事？你干吗不出声？你躲到哪儿去啦？刚才你还那么健谈，唠唠叨叨的，吵得我没法睡觉，可现在你这股劲头上哪儿去啦？喂，思想，你随便讲几句也好嘛！别卡在我喉咙里！你在哪儿？你溜走了吗？……你死了吗？多么可惜！思想来不及问世就夭折了！……"

　　是的，毫无疑问，思想还来不及诞生便在我的头脑里呜呼哀哉了！但是难道能怪我拖延了吗！难道是我的错？说不定该怨它自己？……哼，见它的鬼去吧，让它跌进地狱吧！我这就把糕点吃完——然后上床睡觉。这样的事又不是头一回，也不只是我一个人碰到……就这样，我的思想诞生后又死亡了，或者未及诞生就死亡了，就像数以百万的思想，在数以百万的瞬间，数以百万次地敲响数以百万人的头脑时一样……